JN067804

男やもめの七転び八起き

―ハトーブ敗残記

MASUKO Yoshihisa

増子義久

論創社

まえがき

474票――

2022年7月24日に施行された花巻市議会議員選挙における私の得票数である。26人の定数に対して31人が立候補し、最後から2番目の惨敗だった。本書は妻を失い、コロナ禍をのたうち回った末、選挙で無惨な敗北を喫した男やもめの〝放浪記〟、いや〝敗残記〟みたいものである。選挙後、二つの評定が舞い込んだ。東京から当地花巻に移住した知人の造形作家の「具体と抽象のはざまにて」と題する封書にはこう書かれていた。

「驚きました。まさかの結果に。世の中には具体と抽象があって、そのどっちも大切なのに、時には具体が注目を受け、あるいはやたらに抽象的なイメージだけがひとり歩きをしたりで訳がわかりません。増子さんの演説の具体と抽象が程良く存在する話を聴いて全く疑いを感じることもなく、絶対に支持者は沢山あるはずだと思いました」

「結果は真実でもなく、単なる事実でしかない一時的な経過に他ならないとも思いました。増子さんには、これからも全世界の幸福を発信し続けてください。花巻が硬直してやわらかな発想が育たない街だとしても、素直な感性はかくされているだけで、草の根の下で機会を待っている筈だと強く思います。増子さんの素直な感性には私も大いに共感を覚えるひとりです。又楽しんで話ができるような機会を作りたいと思います」

ほどなくして、「イーハトーヴ市民」を名乗る人物から真逆のコメントが送られてきた。

「まずさ。あんたの場合、票数的にも箸にも棒にも掛からない感じだったんだから、終わってから負け犬の遠吠えみたいに騒ぐのやめな。そんな老害にいまさら何ができんの。時代はもう変わってんのさ」

さてそろそろ、放浪と敗残の旅路への出で立ちを始めようと思う。「474」という数字のナゾ解きみたいな道行きがスタートしたのは、さかのぼること5年ほど前の酷暑の夏だった――。

*タイトルの「イーハトーブ」とは、宮沢賢治がエスペラント語で〝理想郷〟(ドリームランド)を表現した言葉である。

*文中の肩書や年齢は執筆当時のままとした。

男やもめの七転び八起き——イーハトーブ敗残記　目次

第3章　（続）「やもめ」放浪記

第4章　パンデミックの直撃

第1部

男やもめの〝七転び〟

——妻の死とコロナパンデミック

第1章　「喪失」という物語

さらば「イーハトーブ議会」そして、さようなら妻よ〈2018・7・22〉

この日、花巻市議会議員選挙が告示された。26人の定数に対し、28人（現職18人、新人9人、元職1人）が立候補した。2期8年間の市議経験のある私の名前はそこになかった。進行性のがんと闘う妻の看病に当たるために出馬を見送ったのだった。そのちょうど1週間後、選挙の投開票日の29日未明に妻はベットから転げ落ちるようにして、息絶えていた。享年75歳。新聞記者と議員という不規則な生活で苦労のかけっぱなしだった。こんな荒っぽい人生を支えてくれたのはたぶん、君しかいなかった。ありがとう。さようなら。

「喪失」という物語〔9・4〕

大いなる喪失は自死を招き寄せるということなのだろうか――。妻を失って、最初に手にした本がその死の直前に刊行された『原民喜――死と愛と孤独の肖像』（梯久美子、岩波書店、2018年）だった。月並みな表現だが、ぽっかりと穴の開いたような喪失感がこの本を手に取らせたような気がする。広島で被爆した体験を詩や小説などに表現した原（1905～1951年）は原爆の前年に精神的な支柱だった妻を病気で失い、疎開先で自ら被爆した6年後、東京都内で鉄道自殺した。45歳の若さだった。代表作『夏の花』（能楽書林、1949年）の中に原爆の惨状を描いたこんな一節がある。

「河岸に懸つてゐる梯子に手をかけながら、その儘硬直してゐる三つの死骸があつた。バスを待つ行列の死骸は立つたまま、前の人の肩に爪を立てて死んでゐた」――。原はこの少し前でそんな光景を「どうも、超現実派の画の世界ではないかと思へるのである」と書き、あえて片仮名書きで「スベテアツタコトカ／アリエタコトナノカ／パツト剥ギトツテシマッタ／アトノセカイ」と続けている。

梯さんは原の気持ちを次のような文章からすくい取っている。「さうだ、僕はあの無数の死を目撃しながら、絶えず心に叫びつづけてゐたのだ。これらは「死」ではない、このやうに慌しい無造作な死が「死」と云へるだろうか、と。それに較べれば、お前の死はもつと重々しく、一つの纏《まと》まりのある世界として、とにかく、静かな屋根の下でゆつくり営まれたのだ」（『夢と人生』）――。この文章を紹介しながら、梯さんは「妻を看取ったその目で見たからこそ、広島の死者の無残さは原を打ちのめしたのである」と書いている。

原は『鎮魂歌』の中に絶叫するかのように書き付けている。「自分のために生きるな、死んだ人たちの嘆きのためにだけに生きよ。僕を生かしておいてくれるのはお前たちの嘆きだ。僕を歩かせてゆくのも死んだ人たちの嘆きだ。お前たちは星だった。お前たちは花だった。久しい久しい昔から僕が知っているものだった」――。原が自死するのはこのわずか1年半後のことである。葬儀委員長の思想家、埴谷雄高《はにやゆたか》（＝故人）は「あなたは死によってのみ生きていた類ひまれな作家でした」と弔辞を述べたという。

「喪失」とはもうひとつの「生」を生き直すための、里程標《りていひょう》なのだろうか――。東日本大震災のあの惨禍の光景が目の前に広がった。

ふたたび「喪失」ということについて　〈9・11〉

以前ならスルーしていたはずだが、妻に先立たれたせいなのか、こんな本の広告が目に止まるようになった。たとえばその一冊、『妻が願った最期の「七日間」』(宮本英司、サンマーク出版、2018年)は朝日新聞に掲載された投書(3月9日付)がきっかけで、SNSで19万人以上がシェアするなどの大反響を呼び、単行本化された後も重版を重ねている。「(今年)1月中旬、妻容子が他界しました。入院ベッドの枕元のノートに『七日間』と題した詩を残して」という書き出しで始まる投書はこう続く。「神様お願い　この病室から抜け出して　七日間の元気な時間をください　一日目には台所に立って　料理をいっぱい作りたい……そして七日目。あなたと二人きり　静かに部屋で過ごしましょ　大塚博堂のCDかけて　ふたりの長いお話しましょう」

この約半年後、私の妻が旅立った。訃報を知らせる葉書にこう書いた。「妻、増子美恵子儀が7月29日未明、他界しました。ここ数年間、がんを患っていましたが、直接の死因は消化器出血による〝突然死〟でした」――。妻容子さんとの交換日記などを加筆した著者の宮本英司さんは投書をこう締めくくっている。「妻の願いは届きませんでした。死の最後の場面を除いて」。この落差に打ちのめされた。1階のベッドから転げ落ちるようにして、妻は死んでいた。2階から降りてきて、この異変に気が付いたのは死後4時間もたってからだった。英司さんのように手を握りながら、看取ってやることができなかったという悔恨《かいこん》がいまも付きまとう。

私より7歳ほど若い宮本夫妻は早稲田大学の同窓で、妻の容子さんは宮沢賢治を、英司さんは石川啄木を卒業論文に選んでいる。本書の中で英司さんはこう書いている。「盛岡で石川啄木記念館に行って、花巻で（賢治の弟の）宮沢清六さんにお会いして、平泉の中尊寺に泊ったね」――。容子さんにステージ4の小腸がんが見つかったのは2015年8月。私の妻も前年の6月に同じステージ4の肺がんと診断された。卒論のテーマにそろって、わが郷土岩手の文学者を取り上げていることにも驚いたが、死に至る病歴もあまりにも似通っている。急に2人の存在が近しくなったような気がした。

「人が亡くなった後の喪失感が、これほどまでに激しいものだとは、体験するまでわかりませんでした。まるで自分の半身がなくなってしまうような感覚です」と英司さんは妻を病魔に奪われた時の気持ちを記している。私にもぴったりくる言葉である。宮本さんはがんとの闘病記を〝夫婦愛〟として世に語りかける形で、この喪失感から脱しつつあるようだ。私にはまだまだ、時間が必要である。

死の1カ月ほど前から、妻はほとんど寝たっきりの状態になった。ヘルパーの力も借りたが、入浴だけは他人じゃイヤだと言った。妻の全身をきれいに洗い流す介助役を初めてやった。人生の初体験である。この程度の私だった。背中に石けんを塗りながら、さりげなく聞いてみた。「お母さんに羞恥心《しゅうちしん》はなくなったの」——。その時の応答に二人で大笑いした。夫婦のきずなが一番、縮まった瞬間だったのかもしれない。

「ほかの男には羞恥心はあるわよ。でもね、あんたになんか、とっくにないわよ」。息を引き取ったのはその数日後のことである。妻が最後に残してくれたこの言葉をいつまでも大切にしたいと思っている。

この日、2996人の命を奪った「アメリカ同時多発テロ事件（9・11）」から丸17年、東日本大震災（3・11）から7年半目の弔いの日を迎えた。

「四十九日」と魂の行方 〔9・14〕

「そんなに急がなくたっていいんじゃないの」――。妻が旅立って早くも「四十九日」（9月15日）を迎える。仏教ではこの日、魂があの世に向かう日だとされている。遺影に向かって思わず、こんなことを口走ったのは『呼び覚まされる霊性の震災学』（新曜社、2016年）なる本を読みかけていたせいかもしれない。東北学院大学「震災の記録」プロジェクトの編集で、7人の学生が卒業論文としてまとめた内容になっている。読み進むうちに、魂に立ち去られることの寂しさがにわかに募ってきたのである。同書には〝幽霊〟たちとの出会いがたとえば、こんな風に紹介されている。東日本大震災で娘さんを亡くした男性のタクシードライバー（56）の体験談である。

「震災から3カ月位くらいたったある日の深夜、石巻駅周辺で乗客の乗車を待っていると、初夏にもかかわらずファーのついたコートを着た30代くらいの女性が乗車してきたという。目的地を尋ねると、「南浜まで」と返答。不審に思い、「あそこはもうほとんど更地ですけど構いませんか？　どうして南浜まで？　コートは暑くないですか？」と尋ねたところ、「私は死んだのですか？」——震えた声で応えてきたため、驚いたドライバーが「え？」とミラーから後部座席に目をやると、そこには誰も座っていなかった」——。この男性は学生たちにこう語ったという。「東日本大震災でたくさんの人が亡くなったじゃない？　この世に未練がある人だっていて当然だもの。あれ（乗客）はきっと、そう（幽霊）だったんだろうな」

酷暑に続いた台風被害や北海道大地震……。真夜中に屋根を叩く雨風やコツコツとドアをノックするような音にハッと、目を覚ますことがたびたびあった。以前はこんなことはなかったが、「これが霊性というものだと言われれば、そうなのかもしれない」と思うようになった。学生たちは幽霊（霊性）たちとの遭遇を以下のように総括している。

「津波や原発によって文化の虚構性が暴かれた社会において、一足飛びに天に向かう動きに飛躍するのではなく、眼の高さを起点とする天と地の間の往復運動によって、身体性を伴う言語以前の、コミュニケーションの場を設定しうる可能性が示される。生者と死者が呼び合い、交換し、現世と他界が共存する両義性の世界が、すなわち〝霊性〟である」。そういえば、昨年2月、ノンフィクション作家の奥野修司さんが「3・11後の霊体験」をルポした際のタイトルも『魂でもいいから、そばにいて』（新潮社、2017年）だった。

若い感性の到達点の深みにいまさらながら、驚愕《きょうがく》させられる。そして、私は遺影に向かい直して、ひとりつぶやく。「そう、急がなくてもいいんだよ」――。

〈9・18〉

断捨離の彼方に

妻の死去と議員引退をきっかけに初めて、〝断捨離《だんしゃり》〟なるものを手がけてみた。未練も容赦もない「断・捨・離」という語法に抵抗感があったが、そう長くはない将来を見据えると、ある程度の身の回りの整理はやむを得ない。猿芝居に終始した2期8年間に及ぶ議会関係の資料はバッサリと廃棄処分に。さて、積読も含めて約3000冊の蔵書が多いのか少ないのかはわからないが、その本の山を前にしてハタと手が止まってしまった。

7年半前の東日本大震災の際、本棚はすべて倒壊し、ベッドの上に総崩れになった。

「3・11」のこの日は私の誕生日に当たっており、妻は八戸の魚市場まで祝宴用の買い出しに行っていた。私の方はちょうど、予算特別委員会の開会中で難を逃れた。就寝中の発生だったら、命を奪われていたかもしれない。大量の魚介類を抱えた妻も数時間かけて無事帰り着いたが、全戸停電の中でせっかくの71歳の誕生祝はお流れとなった。その妻もいまはなく、わずかに我が人生の〝地層〟ともいうべき蔵書の中にその思い出の片鱗を見つけ出すだけである。

「東北ルネサンス」――。なんとも心が躍るスローガンではないか。私が新聞社を定年退職したのは2000年3月。当時、民俗学者の赤坂憲雄さんらが中心になって、「東北学」の必要性を提唱していた。大都市中心主義の限界を訴え、東北から変革を――という呼びかけに心が動かされた。同郷の妻は一方で逡巡《しゅんじゅん》しつつも、次第に軸足をふるさとへ向けるようになっていた。さっそく、宮沢賢治全集を買い求め、生まれ故郷に居を移した。ともに40数年ぶりのUターンだった。「ふるさと再発見」を気取りながら、ふたりで小旅行を続けた。賢治の物語世界をもっと知りたいと、久慈市の琥珀の採掘現場（地下坑道）を案内してもらった時の感動は忘れられない。「幻想的ねぇ」と妻は歓声を上げた。

花田清輝全集、鶴見俊輔座談集、辻潤著作集、昭和史発掘……。蔵書の〝発掘〟作業を続けるうちに茶褐色に色変わりした各種全集類に交じって、アイヌ関連本が比較的多いのに気が付いた。「日本列島の中に異言語を話す民族がいる」ということに興味を持ったことが端緒だった。念願がかなって北海道勤務になり、アイヌ古老の聞き書きに没頭した。こんな姿を見て、妻もアイヌ刺繍を習い覚えるようになっていた。

娘夫婦が沖縄・石垣島に移住してからは沖縄関連本が増えていった。妻の沖縄行きも年数回に及んだ。孫に会いに行くのが第一の楽しみだったが、記者時代から続いた東北を起点とした「北」と「南」への道行きにも満足そうだった。妻が異様な空咳《からせき》を発するようになったのは、東日本大震災の直後からだった。この時にがんの前兆が始まっていたのかもしれない。そんな体調に鞭打つようにして、妻は被災者支援に打ち込んでいった。

ふるさとに移住した直後、1枚の紙片がFAXで送られてきた。「あなたはこの静かなまちを破壊するために帰って来たのか」――。差出人不明の不気味なメッセージだった。70歳にして市議会議員になって以来、このことの意味が実感させられた。議会改革を叫ぶたびに、不思議なことに革新系を含む〝抵抗勢力〟に包囲された。石川啄木は「石をもて追わるるごとく」に故郷を追われた。啄木が強烈な排他性を突き付けられたのも同じ「ふるさと」からだった。理解ある同行者を失ったいま、この先「ヒカリノミチ」（宮沢賢治「花巻農学校精神歌」）をどう歩み続けたら良いものか。果たして、ひと筋でもヒカリの輝きが差し込むことはあるのか――。「ケハシキタビ」（同精神歌）を旅する、手探りのひとり旅はこれからが本番である。

サンゴ礁の海へ　〔9・25〕

初七日（8月4日）、三十五日（9月1日）、四十九日（9月15日）……。市議引退後の改選市議選の投開票日のその日（7月29日）に妻が急逝してから、節目の忌日《きにち》があっという間に過ぎ去り、目の前には百ヶ日（11月5日）が近づいてきた。仏教ではこの日を「卒哭忌《そっこくき》」と呼ぶ。「哭」は嘆き悲しむこと、「卒」は終わること。「どんなに親しい人が亡くなっても、嘆き悲しむのは百ヶ日で終わりにする」という意味だという。「仏式というやつは随分と押しつけがましい。こころの区切りをつけるのはこっち」。亡骸（遺骨）のそばで寝起きしながら、「喪失感」という得体のしれない気持ちに打ちのめされていた、そんなある日――。

妻の身の回りを整理しているうちに、パンフレットから一枚の紙片がすべり落ちてきた。CT検査（コンピュータ断層撮影）とPET検査（陽電子放射断層撮影）の結果、ステージ4（末期）の肺がんが見つかったことが記されていた。日付は2014年6月9日、旅立つ4年前の手書きのメモだった。この時期、私自身は2期目の市議選への出馬準備で大わらわだった。重い病を抱えることになった妻はそれでも「頑張ってね」と裏方に徹した。私は当然、医者から告げられて知っていたが、そのメモが「散骨」関係のパンフレットに挟まっていたことにびっくりした。「お墓もないし、死んだら散骨か樹木葬がいいね」と生前、話していた。散骨の資料収集はがんを宣告された以降に集中していた。秘かに死出の旅支度をしていたことに胸が締め付けられた。「あの時、出馬をやめておけば……」。

たとえば、こんな姿を懐かしく思い出す。沖縄・石垣島に住む娘夫婦と2人の孫たちのことを一時《いっとき》も忘れることがなかった。死の直前、介護に駆けつけた娘が台所の整理をしていて悲鳴を上げた。買いだめした品々があちこちから出現したからである。そういえば、夜中にゴソゴソと孫たち宛ての宅配便の詰め込みをしていた現場を何度も目撃した。沖縄（八重山諸島）での散骨を紹介するパンフレットに「第一候補」とシールが貼ってあった。「あのメモはひょっとして、孫たちのそばに眠りたいという遺書だったのかもしれない。

そうだ、サンゴ礁の海へ」とそう思った刹那《せつな》、もうひとつの「卒哭忌」の光景が目の前にせりあがってきた。

「まだ遺骨のひとかけらも見つかっていません。だから、3人の生死は誰にもわかりません。もう死んでいるかもしれないし、あるいはまだ生きているかもしれない。そう思うしかないと自分に言い聞かせているんです」――。東日本大震災から百日目の2011年6月18日、三陸沿岸の大槌町で犠牲になった人たちの合同慰霊祭があった。779人のうち、前日までに死亡届が提出された567人の名前と年齢がひとりずつ読み上げられた。母親と妻、それに愛娘の3人が行方不明のままの白銀照男さんは「名前が呼ばれないのを喜んだら良いものか……」と無言のまま、会場をあとにした。白銀さんが3人の死亡届を役所に持って行ったのは、その2週間後のことである。

「あんたは奥さんと一緒にいられるだけ幸せじゃないか」――と白銀さんに背中を押されたような気持ちになった。ある日突然、目の前から消えた肉親に自らが死を宣告しなければならない残酷さに体が震えた。「もう、泣き悲しむのは止めにせよ」という仏《ほとけ》の説法の酷《むご》さにもおののいてしまった。その一方で、「おまえの喪失感って、一体なにほどなのか」という声が遠音に聞こえたような気がした。私は11月中旬、迎えにくる娘と一緒に妻の亡骸を背中に背負って、石垣島に向かおうと思っている。「卒哭」のためではなく、より多くの死と悲しみを共有することができるように……。

（註）白銀さんは、行方不明のままの3人の肉親との再会を待ちかねたかのように2022年12月21日に73歳で旅立った。

現代の「神謡」〔10・21〕

「これはいまという時代に息づく神謡ではないのか」――。今年の沖縄全戦没者追悼式（沖縄慰霊の日＝6月23日）で朗読された平和の詩「生きる」を口ずさんでいるうちに、ふとそんな思いにとらわれた。まるで通奏低音のように、それは遠い太古からのもうひとつの詩と共鳴し合っている。96年前、詩才を惜しまれながら19歳で世を去ったアイヌ女性、知里《ちり》幸恵が死の前年に編訳した『アイヌ神謡集』（岩波書店、1978年）「序」はこんな語りで始まる。

「シロカニペ／ランラン／ピシカン」（銀のしずく、降る降るまわりに）、「コンカニペ／ランラン／ピシカン」（金のしずく、降る降るまわりに）……。梟《ふくろう》神の物語や狐、兎、獺《かわうそ》、蛙など『アイヌ神謡集』には自然界に住まう神々（カムイ）が一人称で語る13篇の「神謡」（カムイユカラ）が収められている。一方、相良倫子さん（浦添市立港川中学3年）の「生きる」はこう始まる。「私は、生きている。マントルの熱を伝える大地を踏みしめ…」。重ね詠むうちに、この詩もまた神に仮託した壮大な叙事詩ではないかという思いを強くした。

約100年という時空を隔ててもなお、ともに10代の女性が紡ぎ出した詩文が心を揺さぶる。片や「アイヌモシリ」（人間の静かな大地＝北海道）から、片や「ニライカナイ」（常世の国＝沖縄）から……。この列島の南と北から聞こえてくる二つの叙事詩に私はいま、耳をそばだたせている。

「豚骨ラーメン」物語 〈10・24〉

「バンバンバン、ゴキッ……」——。いまから50年近く前、夕闇が迫ると同時に赴任先の新聞社の支局の庭先から耳慣れない音が聞こえてきた。1963（昭和38）年11月9日、死者458人という戦後最大の炭鉱事故（炭じん爆発）を起こした三池炭鉱を有する炭都――福岡県大牟田市は東北生まれの妻にとっては、〝異界〟にまぎれこんだような気持ちだったのかもしれない。加えて、産後間もない身にとって、この不気味な音は心身にこたえたようだった。すぐ隣がラーメン店だった。夫婦二人で切り盛りする店は行列ができるほどの繁盛ぶりだった。妻がのちに「九州のお母さん」と呼ぶようになる奥さんに恐るおそる尋ねてみた。「ああ、あれは骨割りの音たい。そういえば、東北には豚骨ラーメンはなかもんね」。

その一人娘は1年半が過ぎても足が立たなかった。信心深い奥さんが一生に一度の願いごとがかなうという大分県日田市の地蔵尊に連れて行ってくれた。お参りをし、近くの土産物店で一休みしていた時だった。娘が突然、おもちゃの陳列棚に向かってとことこと歩み寄った。「歩いたばい。願いごとばかなったばい」――。店内は大騒ぎになり、妻は娘に頬ずりをしながら、大粒の涙を流した。以来、娘は見違えるように元気になった。出前のドンブリを回収する軽自動車の隣にちょこんと座り、店に戻ると豚骨のあぶらが浮いたラーメンのスープをのどを鳴らしながら、飲み干すようになった。

店の名前は「福竜軒」――。炭じん爆発事故の約1カ月半前にオープンした。爆発があった三川鉱からは随分離れていたが、店の窓ガラスががたがた揺れた。「恐ろしかったとよ。ガスを吸った人もたくさんおらした」。私が赴任した当時、爆発事故で一酸化炭素（CO）中毒という〝不治の病〟を背負わされた患者・家族が絶望的な闘病生活と補償要求の運動を続けていた。労災認定された患者だけで、839人に上った。炭住街をくまなく回り、患者の訴えを聞く日々。疲れた体をいやしてくれるのも一杯の豚骨ラーメンとごま塩を振りかけたおにぎりだった。

「まだ、信じられなかと。線香を上げるまでは信じられんと」。今月中旬、「九州のお母さん」こと池田ツナ子さん（77）から電話があった。空港に出迎えると、保育士で一人娘の祥子さん（50）も一緒だった。手土産に妻の好物だった地元の菓子「草木饅頭」と亡くなるまで欠かさなかった福岡産の「八女茶」を携えていた。「たった二つしか違わないとにお母さんって。でも、うれしか。ずっと、身内みたいだった。そういえば、美恵子さん（妻）は濃ゆかお茶ば好いとらしたけん」。ツナ子さんはこう言って、いれたてのお茶を仏壇に供えて手を合わせた。並んで座った祥子さんが口を添えた。「ラーメンが繁盛したのは良かばってん、私のご飯を作る暇もなくって……。だから、いつもおばちゃんの家で。おばちゃんの、手作りのババロア（洋菓子）の味がいまでも忘れられない」。

私はいまどきは希薄になりつつある「人間のきずな」の太さに胸が熱くなる思いがした。「いつだったか、スリランカの王様もお忍びで食べに来らしたことがあっとよ」とツナ子さんが別れ際に言った。腹がぐぐ～っと鳴った。沖縄・石垣島での妻の散骨が終わった帰途に必ず、立ち寄ると約束した。「待っとってね」。いつの間にか、舌になじんだ九州弁になっていた。

〝敗北者〟宣言

〔10・28〕

「アラセブ」（70歳）最期の決断から、「アレセブ」（74歳）再度の挑戦へ……。2期8年間の議員生活を支えてくれた「増子義久を支える会」（小田島剛三会長）の解散式を兼ねた引退パーティーが今月25日に行われた。会場には妻の遺影と2回の当選証書が飾られた。「お世話になった人たちにきちんとお礼をしなければ……」と妻は秘かにこの日のために洋服を新調していたが、それもかなわずに小さな写真に納まった姿だけの参加になった。亡き妻の視線を背後に感じながら、私は「最終的には私の全面敗北でした」とお礼のあいさつを〝家出・置手紙〟事件から切り出した。

「記者とは別の世界でもう一度、自分を試してみたい。市議出馬にご理解を……」。こんな置手紙を書いて、私は数日間、家を留守にした。立候補断念のたいていの理由は家族の理解が得られないということだと聞いていた。告示日まであと1週間余りに迫っていた。〝家出〟の際、スーツの上着とネクタイをバッグに隠し持ち、当時、勤めていた知的障がい者施設のパン工房の片隅で職員に写真を撮影してもらった。選挙ポスター用の写真である。そして、数日後……。ぴしゃりと拒絶されるだろうと思いながら、恐るおそる自宅のドアを開けた。「あんたって、案外ケチな男ね。こんな大事な話をどうして私の前でできなかったの」。言葉はきつかったが、顔は笑っていた。こうして、第二の人生の〝開かずの門〟は意外にもあっけなく、開いたのだった。

「面食らったのはこっちだったよ」と小田島会長が言葉を引き取った。「告示直前、オレ出るから、よろしく。いきなりだよ。40年以上もふるさとを留守にしていたのだから、泡《ほう》沫《まつ》候補もいいとこ。最初はとても無理だと思った」。当然、地盤などはない。頼りは小学校から高校までの同級生しかいなかった。ずっと一緒だった剛ちゃん（小田島会長）がすぐ、周りに声をかけてくれた。意外な声が返ってきた。「そういえば、オレたちの同級生には議員がひとりもいねじゃな。みんな第一線を退いて、暇を持て余している。老化防止のつもりでやってみっか」。当時、「アラウンド70」（アラセブ）——、つまり古希《こき》を迎える70歳前後の世代の活躍が注目を集めていた。私たち同級生はちょうど、そのトップバッターの位置にいた。1119票。定数34人中30位、大方の予想をくつがえした〝大勝利〟だった。

＊　＊　＊

70年の人生そのままの「生身の自分」を未知の世界に置いてみたいと思った。だから、どこにも属さない「無所属・無会派」……いわば〝増子党〟を押し通した。こんな一匹オオカミに襲いかかったのが、お化けや妖怪の仮面をかぶった議員集団……魑魅魍魎《ちみもうりょう》たちだった。これを迎え撃ったのが、わが「アラセブ」軍団である。市議会定例会のたびに2

階の傍聴席からにらみを利かせた。計32回の定例会に皆勤したつわものもいた。初当選の約7カ月後の2011年3月11日、私の71歳の誕生日のその日に東日本大震災が発生した。

全国から集まった義援金を市の歳入に計上するという「義援金流用」疑惑、傍聴に訪れた被災者に向けられた議員の「さっさと帰れ」発言、この暴言の真相究明に立ち上がった私に対する集団リンチさながらのバッシング、締めくくりは「議会の品位を汚した」という理由で科せられた、花巻市議会はじまって以来の「懲戒」（戒告）処分……。私は被災者支援に走り回る一方で、足元の議会からの攻撃にも対峙しなければならなかった。内陸に避難している被災者や卑劣な中傷を見かねた地元の有志などが〝参戦〟してくれた。同級生を主体にした「アラセブ」軍団はその輪を広げていった。この日の解散式には30人以上が集まった。「増子を応援しているというだけで、村八分にあいそうになった」、「被災者支援にかけた超人力に舌を巻いた」――。アラセブの猛者《もさ》たちがニコニコしながら、〝秘話〟を披露してくれた。

「ある人から、『あなたは何時から猛獣使いになったのか』と皮肉っぽく言われたことがあった」。「支える会」事務局長の神山征夫さんが「いまだから……」といって、締めのあいさつをした。「オオカミだかライオンだかはわからないが、確かに増子議員は正論を掲げて、議会内で暴れまくった。しかし、私の任は今日をもって終わる」と話し、ニヤリと笑って続けた。「今後、この猛獣が議会の外でどんな風に振る舞うのか。私はそこまでの責任は負えない」。

私の妻は2期目の出馬の直前に末期の肺がんを宣告された。「1期だけで辞めたら、応援してくれたアラセブの人たちに失礼じゃないの」。躊躇する私の背中を押したのは逆に病身の妻の方だった。冒頭のあいさつで私が「(妻に) 全面敗北」と言ったのはそういう意味からである。1期目に比べて8人減の定数26人中、最後から2番目という薄氷の当選だったが、それでもわずかではあるが55票の上積みができた。

「それにしても……」と思う。妻が他界したその日が改選市議選の投開票日だったという、余りにも劇的すぎる「偶然」は依然として、私のナゾである。この偶然が「野に放たれた野獣たれ」という妻の〝遺言〟だったとすれば、敗北者の身としてはそれに従うしかないと思っている。勘違いされたら困るので、最後につけ加えておきたい。私が「敗北」したは魑魅魍魎たる議員のあなたたちに対してではなく、妻に対してであるということを……。

美しい距離〈11・5〉

「神さまたちが降り立ったみたいだよ」。亡き妻の居室ごしに遠望できる霊峰・早池峰山《はやちねさん》（1917㍍）の初冠雪はこうやって、私に告げられるのが常だった。「山はもう冬だがね」という来訪者の言葉にハッとした。振り向くと、てっぺんは真っ白だった。10月末にうっすらと積もったという。ご託宣《たくせん》役だった妻の死から今日11月5日でちょうど「百ヶ日」を迎えた。「嘆き悲しむことを終わらせる」という意味での「卒哭忌」。「仏式というやつは随分と押しつけがましい」と悪態をついたのはつい1カ月余り前のことだった。そして、あっちへこっちへと右往左往の日々……。

「人は死んだらお山に還っていくんだよ」。『遠野物語』の遠野に暮らしていた祖母は北上山地の最高峰である早池峰山を仰ぎながら、幼い私にそう語って聞かせたものだった。妻がそのお山をながめ暮らした部屋に座してみる。人家がまばらに点在する平野部から里山へ、さらに幾重かに前後する奥山をたどっていくと、霊峰はそのさらに上でキラキラと輝いていた。この光景はやはり「神々しい」としか表現のしようがない。

「そうか、妻はこの道筋を逆にたどりながら、きっと神々の領域に行きついたということなのかもしれない」。素直にそんな気持ちになれたような気がした。私はずっと「喪失感」という独りよがりな言葉で、妻の死を語り続けてきたのではなかったのか。

そんな折、沖縄・石垣島に住む娘から「死んだ人との関係が私はなるほどなと思いました」と一冊の本が送られてきた。『美しい距離』（文藝春秋、2016年）――。作者は小説家の山崎ナオコーラさん。名前を知っている程度でもちろん読んだことはない。2年前に芥川賞候補になり、昨年は島清恋愛文学賞を受賞した。末期がんにおかされた妻と看護にあたる夫やその周辺との「距離感」を描いている。主人公の夫婦はともに40代初めで、年齢差を除いては私たち夫婦の場合と似通っている。こんな一節にぎくりとした。

「ビジネスバッグから爪切りとビニールテープを取り出し、爪切りの両脇にビニールテープを貼る。爪が爪切りの横から飛ばないように留めるのだ。細い右手を取る。ぷちんぷちんと白い部分に刃を入れていく。三日月形がビニールテープのべたべたした面にくっ付いていく。ぷちんぷちんという音に夢中になる。ぎょっとするほど楽しい。この愉悦はなんだろう。好きな人の爪を切るというのは、こんなにも面白いことだったのか」

二人は爪切りの前段で、こんな会話を交わしている。

「「……つ、爪を切ってあげようか?」」。勇気を振り絞って言ってみた。少しだけ、声が掠《かす》れた。「うん、頼むわ」。にこにこと答える。言ってしまえば、簡単な遣り取りになった。それなら、もっと早く言えば良かった」

妻の死を語る時、私は「喪失感」というある種、安易な常とう句に身をゆだねすぎてはいなかったか。生き残された自分の都合だけを語り、逝《ゆ》きしものについては実は何も語っていなかったのではないか——。いまさらのように、そう思う。同書はこんな文章で結ばれている。

「一年が過ぎ、墓を建てて納骨し、どんどん妻と離れていく。(……)墓の前で手を合わせると、尊敬語も謙譲語も出てくるようになった。出会ってから急速に近づいて、敬語を使わなくなり、ざっくばらんな言葉で会話し始めたとき、妻との間が縮まったように感じられて嬉しかった。でも、関係が遠くなるのも乙《おつ》なものだ。淡いのも濃いのも近いのも遠いのも、すべての関係が光っている。遠くても、関係さえあればいい。宇宙は膨張を続けている。エントロピーは常に増大している。だから、人と人との距離はいつも離れ続ける。離れよう、離れようとする動きが、明るい線を描いていく」

霊峰の峰々に反射する雪はやがては消え、そして、ふたたび降り積もる。一度、姿を隠した神々はまた、同じ姿で戻ってくる。このようにして「降臨」は永遠に繰り返される。この小説は死を描きながら、一方で「死して生きる」という往還の不滅を暗示した物語でもあるのだと思う。神々が宿る霊山――「早池峰」は今日も頭上でキラキラと輝いている。この道筋こそが、私にとっての文字通りの「美しい距離」なのかもしれない。

妻はマンタ、いやジュゴンに変身してサンゴ礁の海へ　〈12・1〉

白砂のように細かく砕かれた妻の亡骸《なきがら》はまるで、小型のマンタかジュゴンにでも変身したかのようにして、サンゴ礁の海へと静かに消えていった——。今年7月末に旅立った妻の散骨の儀式が12月1日、娘夫婦と二人の孫が暮らす沖縄・石垣島で行われた。式には東京に住む妹と弟も参列。思い出をつづった折り鶴や好きだった花々などを海に投げ入れ、最後の別れを惜しんだ。

1日午後2時半すぎ、7人を乗せたチャーター船が石垣島最大の名蔵《なぐら》湾を出港した。汗ばむほどの快晴。太陽の照り返しがキラキラと反射する。ほぼ、凪《な》ぎ。約20分後、湾外の散骨の現場へ。水溶性の白い袋に詰められたパウダー状の粉骨があっという間に海水と溶け合い、その部分が白濁色に変わった。波間に揺れる亡骸が一瞬、小型のマンタのような、あるいはジュゴンのような輪郭を刻んだように見えた。その周辺を折り鶴たちが浮き沈みした。妻が亡くなる直前まで聴いていたバロック音楽のCDがセットされ、船内にはパッヘルベル（ドイツの作曲家）のカノンの世界が静かに広がった。

妻との最期の別れ（石垣島の海上で）

「君が大好きだった沖縄の守り神・シーサーを大勢、従えての最後の旅立ち。真っすぐにニライカナイ（常世の国）に向かってください」――。私は折り鶴にこう書き、こんな風に結んだ。「孫たちもサンゴ礁の彼方におばあちゃんの化身を見つけ、元気に育ってくれると信じます。ありがとう。そして、さようなら」。妻の霊は白雪をいただく故郷の霊峰・早池峰山と、南の島・ニライカナイの海に抱かれながら、永《と》遠《わ》の眠りについた。本当にこれで終わったんだと思った。

「咳《せき》をしても一人」——。帰路の船の中で、孤高の俳人（尾崎）放哉のあの名句が口をついて出た。そういえば、同じ漂泊の俳人（種田）山頭火にも「鴉啼《からすな》いてわたしも一人」という句がある。「独居老人」などというお仕着せがましい言葉ではなく、私は「ひとり」の思想を考え続けながら、これから先の短い人生を歩んでいこうと思っている。「お

妻はまるでマンタかジュゴンのように変身した（石垣島の海上で）

ばあちゃんは死んだんじゃない。ジュゴンに生まれ変わったんだよ」。そんな励ましの言葉を口にする孫たちの成長ぶりに、老残のわが身はうれしさのあまりに震えてしまう。〔12・11〕

沖縄——弔いの旅

「あんたが来るっていうので、今朝、近くの海岸を散歩していた時に見つけたんだよ。9月の台風で流れ着いたと思うんだが、ジュゴンになった奥さんはきっと、サンゴ礁の世界に生きているはずだよ」——。沖縄・読谷村在住の彫刻家、金城実さん（79）はこう言って、妻の遺影の前にサンゴを置き、ろうそくと線香をともした。私の沖縄の旅はいつも〝金城節〟を聞くことで最終章を迎える。反戦・反基地・反差別の彫刻家として知られる金城さんの話には沖縄の受難の歴史がびっしりと詰まっているからである。今回はこれに妻の弔いが加わった。供えられた泡盛の香りがあたりに漂った。

「電話では何回か話をする機会はあったが、お会いできなかったのが残念だ」と金城さんは話し、ジュゴンの化身として死後を生きる妻の姿をスラスラっとデッサンした。さすがは彫刻家である。アトリエのまわりには様々な表情をした野仏がずらりと並んでいた。近くに沖縄戦で住民が強制集団死した自然壕（ガマ）「チビチリガマ」がある。避難した約１４０人のうち、83人の住民が非業の死をとげた。

昨年9月、まだ遺骨が残っているガマが荒らされた。県内に住む16歳から19歳の少年が器物損壊の疑いで逮捕された。少年たちは「心霊スポットだと思った」と自供した。保護司に任命された金城さんは沖縄戦の記憶を野仏に託すことにし、少年たちと一緒に制作した。いま、12体がガマの周辺に安置されている。妻にふさわしい弔いの旅のフィナーレだと思った。

第2章　やもめ男の新たな旅立ち

夕張炭坑節　〔2019・1・3〕

妻を欠いた初めての年末年始も沖縄・石垣島に住む娘夫婦と孫二人の嵐のような来訪で、あっという間に過ぎ去り、わが住まいは元の静寂に戻った。余りにも不気味な静けさに思わず、テレビのスイッチを入れて驚いた。新春12時間スペシャルと銘打った歌謡番組から流れてきたのは往年の演歌歌手、三船和子が絶唱する「だんな様」だった。故鳥井実作詞、岡千秋作曲のコンビで、1983（昭和58）年に発売されたこの歌は空前のヒット曲になった。最終節はこう結ばれている。「明日を信じて、お前と二人／お酒のもうと、差し出すグラス／私の大事なだんな様／あなたに寄り添い、いつまでも／心やさしい女房でい

たい」（3番）

単なる偶然とはいえ、5カ月ほど前に妻を失ったばかりの私にとって、「だんな様」とは何ともタイミングが良すぎるではないか。が次の瞬間、私はかぶりを振った。「否、これはヤマに散った男たちへの挽歌ではないのか」。

新人記者時代、九州での炭鉱取材の経験を生かし、北海道に転勤した後も自称〝ヤマ記者〟を名乗っていた。1981（昭和56）年10月、北炭夕張新炭鉱でガス突出事故が発生、道内では戦後最大となる93人が犠牲になった。4年後の1985（昭和60）年5月、今度は三菱南大夕張炭鉱でガス爆発が起こり、62人が坑内に没した。「だんな様」はこの二つの事故をちょうど真ん中にはさむようにして、産声を上げた。

夕張は豪雪地帯として知られる。降り積む雪は玄関口をふさぎ、屋根からずり落ちてきた積雪はまるで雪ふとんのように上下が合体していた。夜のとばりが下りるころ、居酒屋の灯りが雪明りのようにうっすらとあたりを照らし出す。キタキツネの足跡をたどるようにして、私たち取材班は行きつけの店に足を向け、冷え切った体を温めた。「俺家」（おれんち）という名前だった。地元紙の北海道新聞やNHK、共同通信、全国各紙の記者たちがいつも一緒だった。連日の取材行で疲れ切った体をいやすため、みんなこの店に集まってきた。北炭夕張事故で最後の遺体が収容されたのは163日後の翌年春。残っていた骨片は手の平に収まるほどに小さくなっていた。

「がまんしている背中をみれば／男らしさに、涙が出ます／私の大事なだんな様……」（2番）。しんしんと深雪が積るある夜、店の中に「だんな様」の大合唱がこだました。同席したヤマの男たちの飲みっぷりの良さにうっとりし、板子一枚下の「地獄」から生還した時の（タバコの）一服の仕草にほれぼれしてしまう。そんな男たちがある日突然、地底《じぞこ》に絶命する。まるでヤケクソみたいになって、この〝挽歌〟を歌いまくっていたことをいまでもまざまざと思い出す。そこには特ダネ競争にうつつを抜かす記者の姿はなく、幼児と見まごう亡骸《なきがら》にともに涙した同志たちが確かにいたような気がする。

作詞した鳥井は妻の死の約1カ月後の昨年8月末に83歳でこの世を去った。このヒットメーカーが実は北海道生まれというのも奇縁といえば奇縁ではある。ひょっとして、この演歌は生と死のはざまに響く現代の「声明《しょうみょう》」なのかもしれないという思いがした。それにしても「夕張」は演歌がぴったりのまちだった。

余命、1年半……　〔1・29〕

「女房に先立たれた夫は大体、2年以内に死ぬらしいぞ」――。歯に衣着せぬ知友のジャズミュージシャン、坂田明さん（73）からこう忠告された。「健康に気を付けて、長生きしてください」という何か恩着せがましい励ましよりはずっと、ありがたい。ミジンコの研究者でもある坂田さんからいつだったか、「こいつの命はまるで透けて見えるんだよな」と顕微鏡をのぞかせてもらったことがある。本当にそう見えた。いやはや、命の中までお見通しとあっては。というわけで、私は心機一転、新年早々からスポーツジムに通い始めたのだった。当年78歳、後期高齢者の悪あがき……。

本日29日で妻は没後6カ月を迎えた。坂田さんの定理に従えば、私に残された余命は最大であと一年半ということになる。「いい年をして、いまさら命乞いか」という意地の悪いヤジに対しては、苦し紛れにこんな屁理屈を伝えることになる。「そうじゃない。残された1年半には身の回りの整理やこれまで不義理を重ねてきた友人知人へのあいさつなどやることがたくさんある。だから、それをやり遂げるまでは死ぬわけにはいかない。余命を全うすための止むを得ざる予防措置だよ」――。「やもめ暮らし」を心配してくれる親切な人たちも後を絶たない。ある人が「死別は最大のストレス」というタイトルの新聞記事の切抜きを持って来てくれた。これにはまいった。ある大学教授がこんなことを語っていた。

「遺族ケアでリスクが高いのは高齢の男性。仕事一筋の現役生活を過ごした男性は、家庭や地域を顧みなかったツケが老後に回ってくる。交際範囲が狭く、ほぼ唯一の相談相手である妻に先立たれると、一気に日常が破綻する。下着が見つからないといった程度なら笑えるが、料理ができずに食生活が偏り、生活習慣病を悪化させたり、孤独感からアルコールに頼ったりする人も多い。放置すれば孤独死しかねない。さらに厄介なのは、精神科医療への偏見が強いこと。受診を勧めても、『沽券《こけん》にかかわる』などと抵抗。受診者の8割はやはり女性だ」（2017年9月15日付「岩手日報」）――。おいおい、これって、わが輩のことではないのか。そして、今度は……。

＊　＊　＊

「おいおい、これって、現代版の『ターヘル・アナトミア』（解体新書）ではないのか」。ジム通いを始めて、これにはもっとまいった。胸、腕、腹、背中、肩、臀部《でんぶ》……。所狭しと置かれた健康器具にはまるで、〝腑《ふ》分け〟した人体解剖図のような写真が張り付けられ、使用方法が書かれている。「あっ、そうですか。腰の痛みとお腹の出っ張りですね」と若いインストラクターが親切に指導してくれる。平日の日中なので私のようなシニアが多い。みんな、何かに取りつかれたように器具を操っている。顔からは噴き出るような汗が。みんな、そんなに長生きしたいのかなあ。

部位ごとに人工筋肉をこしらえていくさまはまるで、マシーンの奴隷ではないかとさえ思えてくる。目の前のテレビに熱中しながら、身体は規則正しい動きを継続する。これって、あの〝人造人間〟じゃないのか。ゾッとした。「で、おまえさんは何のためにここに来ているのか」――そんな自問がふいに口をついてでた。「うん、それはさ。さっきも言ったように命乞いではなく、つまりは〝終活〟を存在論（オントロジー）的な視点で考えて見よう、と。生き延びようとするのではなく、死を意識して生きるということさ」。だんだん、応答がしどろもどろになってくる。

遠音にまたヤジが聞こえてきた。「そんなに格好をつけるんじゃないよ。あんたもしょせんは命が惜しいだけなんだろ」。隣のシニア男性に負けず劣らず、身体全体から汗が噴き出してきた。ヤジの通りかもしれないなと思った。ひとりの老いぼれた〝偽善者〟がスポーツジムの片隅にぽつねんと佇《たたず》んでいる。さて、今晩の酒のさかなは何にしようかな。

いやはや。

震災8年「ヨクミキキシワカリ／ソシテワスレズ」〈3・11〉

あの日から8年が経った。冷たい雨がそぼ降る中、当地花巻に避難している被災者や支援者が寺の鐘を打ち鳴らし、犠牲者やいまだに行方のわからない人たちの冥福を祈った。ここ数日間、USBメモリに記録された数千枚の震災写真を見続けた。あのがれきの荒野が長編映画のコマ送りのようにまぶたに映った。容赦なく押し寄せる〝記憶の風化〟をぴしゃりと拒絶するかのように。この日は私の79歳の誕生日にぶつかっていた。「忘れようとしたって、忘れるわけにはいかない。この因果なめぐり合わせに感謝しなくては」。

唐突に宮沢賢治の詩「雨ニモマケズ」の一節が口の端に浮かんだ。「アラユルコトヲ／ジブンヲカンジョウニ入レズニ／ヨクミキキシワカリ／ソシテワスレズ」――。震災3日後に「ぼくらの復興支援――いわてゆいっこ花巻」が産声を上げた。あの時に一気に書き上げた「設立趣意書」を声を上げて読んでみた。昨年夏に旅立った妻の死と「3・11」のそれとが初めて重なり合ったような気がした。正直、「震災死」に身内がいないことにホッとしていた気持ちがあったのかもしれない。人の「死」の意味がようやく少し、わかったように思った。

〈設立趣意書〉

肉親の名前を叫びながら、瓦礫《がれき》の山をさ迷う人の群れ。着のみ着のままのその体に無情の雪が降り積もる。未曾有の大地震と大津波に追い打ちをかけるようにして発生した原発事故……。辛うじて一命を取りとめた被災者の身に今度は餓死と凍死の危機が迫りつつあります。もう、一刻の猶予《ゆうよ》も許されません。「なぜ、いつも東北の地が」。飢餓地獄の遠い記憶に重なるようにして、阿鼻叫喚《あびきょうかん》の光景が眼前に広がっています。そして、茫然自失からハッとわれに返ったいま、わたしたちは苦難の歴史から学んだ「いのちの尊厳」という言葉を思い出しています。

平泉・中尊寺を建立した藤原清衡は生きとし生けるものすべての極楽往生を願い、岩手花巻が生んだ宮沢賢治は人間のおごりを戒め、「いのち」のありようを見続けました。昨年発刊百年を迎えた『遠野物語』は人間も動物も植物も……つまり森羅万象《しんらばんしょう》はすべてがつながっていることを教えてくれました。

この「結いの精神」（ゆいっこ）はひと言でいえば「他人の痛み」を自分自身のものとして受け入れるということだと思います。いまこそ、都市と農村、沿岸部と内陸部との関係を結《ゆ》い直し、共に支え合う国づくりに立ち上がらなければなりません。温泉に一緒に浸かって背中を流してあげたい。暖かいみそ汁とご飯を口元に運んであげたい。こんな思いを共有する多くの人たちとわたしたちは走り出そうと思います。何をやるべきか、何をやらなければならないか。走りながら考え、みんなで知恵を出し合おうではありませんか。試されているのはわたしたち自身の側なのです――

「令和」狂騒曲と骨踊り　〔4・13〕

「ゴキッ」と骨が外れる音がして、まるで骨格標本みたいな骨たちが突然、カタカタと踊り始めた。スポーツジムでの出来事。ウォーキングマシーンの前に取り付けられたテレビは国をあげての「祝祭」の幕開けを告げようとしていた。「新しい元号は令和《れいわ》でありま す」――。この瞬間、列島全体は元号フィーバー一色に包まれていった。「令和」にことさら違和をとなえるものではないが、喜色満面のわが宰相の講釈を聴きながら、何かいやな予感がした。

歯が浮くような虚飾に彩られた首相談話を耳にしながら、骨踊りはまだやむ気配がない。どうも、この一大祝祭を前に刊行された一冊の本に取りつかれているらしい。タイトルはずばり『骨《こつ》踊り』（幻戯書房、2019年2月刊）。作者は反骨の〝ゲリラ〟作家と言われた故向井豊昭さんで、未発表の作品も収録された635ページに及ぶ大著である。この作品は後に『BARABARA』（ローマ字表記もバラバラになっている）と改題され、1996年に62歳で早稲田文学新人賞を受賞し、話題になった。

小説の舞台は昭和天皇の崩御によって、「昭和」から「平成」へと代替わりする「昭和64（1989）年1月7日」――。「自粛」ムードが高まる中、そんな空気に抗《あらが》おうとする「もう一人の自分」が際限なく、自己解体していく物語である。最後はこう締めくくられる。「戻ろう。戻ってこい。外れていった二十二人の自分たちよ。踊って踊って踊り続けた骨踊りの一日は終わったのだ」。一部内容に手を加えた改題作ではこの部分が「ならば、これからも、BARABARAと外れ続けてやろう。種子のように外れては、不逞の輩をバラ撒くのだ」と差し替えられている。「不逞《ふてい》の輩《やから》」とは大政翼賛的な装いに対し、「ノー」を突き付ける者たちを指すのであろう。

「平成」から「令和」へ――。ふと我に返ると、万葉賛歌に彩られた祝祭ムードに飲み込まれようとしている自分がいた。一方で、「こうした同調圧力に屈してはいけない」と自らを叱る「もう一人」がいる。ゴキッ、ゴキッ、ゴキッ……。自己解体はまるで腑《ふ》分けのような勢いで進んでいく。私はスポーツジムに通い始めた時の気持ちをこう書いた。「これって、現代版の『ターヘル・アナトミア』（解体新書）ではないのか」。所狭しと置かれた健康器具にはまるで、〝腑分け〟した人体解剖図のような写真が張り付けられていたからである。そしていま、腑分けされたわが身の中では骨踊りに熱中する分身たちがいる。私はこれから先も「骨踊り」を踊り続けなければならないと思っている。中世ヨーロッパでも「死の舞踏」と呼ばれた〝骸骨踊り〟（ダンス・マカブル）が流行《はや》ったそうである。

「25年間、ボクが小学校の教員をやった北海道の日高地方は、アイヌの人口が最も多い土地だった。ボクは日本語という血の滴《したた》る刃《やいば》を持って授業を続け、同化教育の総仕上げに加担したのである」（本文から）――。私は生前の一時期、向井さんからその稀有なる文学論を拝聴する機会があった。丸い眼鏡をかけた柔和な口元から時折、こんなギクッとするような言葉が飛び出した。終生、「自己韜晦《とうかい》」を貫き通した作家だった。

「改元」恩赦と夕張放火殺人事件　〔4・17〕

「夕張保険金殺人事件を歩く」――。知人に勧められて購入した『花摘む野辺に―夕張追憶』（書肆山住、2017年）という何とも穏やかなタイトル本のこの副題に眼がくぎ付けになった。35年前の1984（昭和59）年5月5日のこどもの日、北海道夕張市で炭鉱下請け会社の宿舎が全焼し、子ども2人を含む7人が死亡する大惨事が起きた。首謀者の暴力団組長夫妻が保険金目当ての放火殺人の疑いで逮捕され、13年後に戦後初めてとなる同時死刑に処せられた。本書は犠牲者の中に音信不通だったかつての同級生がいたことを知った札幌市在住の元高校教師、菊地慶一さん（86）がその消息を訪ね歩いたルポルタージュである。表題はその同級生が好きだった流行歌「誰か故郷を想わざる」が出典である。

この事件は私にとっても決して忘れることができない。最初は「美談の主」として、そして最後は「恩赦《おんしゃ》」騒動の当事者として――。前に言及したようにこの3年前の1981（昭和56）年10月、同じ夕張市内にあった北炭夕張新炭鉱でガス突出事故が発生。この暴力団夫妻が経営する下請け会社の従業員7人もこの時、命を落とした。残された犠牲者の妻が事故の直後に出産した。刑務所に服役中だった暴力団の夫に代わって会社経営に辣腕《らつわん》を振るっていた妻がその子の名付け親になった。まだ30代半ばの利発そうな女性だった。悲劇の中の「美談」に仕立て上げたのがきっかけで取材に行き来するようになった。ある時、麻雀に誘われた。隠された一面をのぞき見た思いがした。

「あんたは堅気《かたぎ》だから、ヤクザ麻雀はしないから安心して」と彼女は言った。興に乗ると、舌が滑らかになった。「指を詰める時にはね、迷うことなくスパッと……」。身振り手振りをされた時にはさすがにザワッとしたことを覚えている。北炭夕張事故の際、従業員にかけられていた多額の死亡保険金が振り込まれた。遺族に支払った分を除いても1億円以上が手元に残った。この時の〝うま味〟が犯罪の引き金になった。1987（昭和62）年3月、札幌地裁は首謀者の夫と妻に対し、殺人の共謀共同正犯の責任を認定して死刑判決を言い渡した。その後の展開が世間をアッと驚かせた。

翌年10月になって、2人は突然控訴を取り下げ、死刑が確定した。当時、昭和天皇の病状が重篤になり、仮に天皇が崩御《ほうぎょ》すれば恩赦が行われ、死刑の執行を免れると期待したためだった。恩赦の対象となるには刑がその時点で、確定していなければならない。しかし、「平成」恩赦では懲役や禁固の受刑者、死刑確定者は対象にはならなかった。当てが外れた2人は今度は一転、札幌高裁に控訴審の再開を申請したが認められず、最高裁に提出した特別抗告も1997（平成9）年5月に棄却。同年8月1日に札幌刑務所の絞首台の露と消えた。獄中で小説を書き続けた、連続ピストル射殺事件の死刑囚、永山則夫（当時48歳）にも同じ日、刑が執行されている。

「これはまるで亡霊のような本です。わたしは、犠牲者の一人が同級生だったという、わずかの縁《えにし》をたよりに、友への悲しみと、閉山のただ中にあった夕張の姿を書き残したかったのです。炭鉱最盛期の喜び、閉山の悲しみ、悲喜を合わせて記憶していきたい。忘れることの幸せだけでなく、忘れないことの幸せを大切に抱えて」。菊地さんはあとがきにこう書いている。

「夕張食う（苦）ばり、坂ばかり、ドカンとくれば死ぬばかり」――。こんな戯《ざ》れ歌が私の記憶の底に刻まれている。5月中旬、令和元年の最初の旅先として、私は菊地さんと一緒に夕張再訪の計画を立てている。恩赦騒ぎを引き起こした死刑夫妻のことを含め、日本の繁栄の捨て石にされた〝苦海〟のたたずまいをもう一度、まぶたによみがえらせたいと思う。記憶の風化に抗《あらが》うためにも……。

平成最後の満月（ピンクムーン）――まんどろだお月様だ　（4・20）

ひねくれ者だから、「平成最後の……」と言われるとすぐに背を向けたがる癖《へき》があるが、お月さんとなると話がちがう。ネイティブアメリカンが「ピンクムーン」と名づけたという平成最後の満月が19日夜から20日の未明にかけて中天にぽっかりと浮かんだ。妻の遺影と位牌を両腕に抱え、私は月明りの野外に佇《たたず》んだ。「花月圓融清大姉」と金箔の文字が浮き出ている。妻は生前、ニコニコと笑顔を絶やしたことがなかった。だから、みんなから「満月さん」と呼ばれていた。それに大の花好き。「花と月とが圓《まど》かに融《と》け合う。故人にぴったりだと思います」と住職は鼻高々だった。月といえば、私は真っ先に津軽の方言詩人、高木恭造（故人）の「冬の月」を思い出してしまう。同じ満月に向けるまなざしの落差にハッとさせられる。こんな詩である。

嬶（かが）ごと毆（ぶたら）いで戸外（おもで）サ出ハれば
まんどろだお月様だ
吹雪（ふ）イだ後（あど）の吹溜（やぶ）こいで
何処（ど）サ行（え）ぐどもなぐ俺（わ）ア出ハて来たンだ
――ドしたてあたらネ憎（にぐ）ぐなるのだベナ
憎（にぐ）がるのア愛（めご）がるより本気ネなるもんだネ

そして今まだ愛（めご）いど思ふのア　ドしたごどだバ
ああ　みんな吹雪（ふぎ）と同（おんな）しせエ
過ぎでしまれば
まんどろだお月様だネ

（方言詩集『まるめろ』所収、※まんどろだ＝輝いて明るいという津軽方言）

男やもめとお助け請負人　〔4・24〕

「若い力と感激に／燃えよ若人、胸を張れ／歓喜あふれるユニホーム／肩にひとひら花が散る……」（佐伯孝夫作詞、高田信一作曲）――。2カ月に一度、場末のスナックに決して若いとは言えない男女の「若い力」がサックスの演奏に合わせて響き渡る。「……花も輝け希望に満ちて／競え青春、強きもの」と、私も一緒になって大声を張り上げている。70年以上も前に作られたこの国体歌を口にすると、あら不思議……やもめ暮らしの身も青春に逆戻りしてしまうではないか。歌の力って、すごいなあ。

「よかったら、歌いに来ませんか」。今年初め、知人の佐藤加津三さん（62）から声がかかった。花巻市役所を定年退職し、いまは任用職員として釜石市役所で働いている。もう十数年来の付き合いである。私は定年後の60歳になって初めて、パソコンと向き合った。その当時、佐藤さんは役所全体のIT機器の保守点検をする仕事をしていた。鉛筆しか握ったことのない私にとって、この新兵器は未知との遭遇だった。故障続きのパソコンに向かって、悪態をつく日々……。そんな時、佐藤さんのことを知り、さっそくSOS。そうすると、どんな不具合も手品みたいに直してしまうのだった。万事に控えめな人だから、佐藤さんがサックスを吹くことを知ったのは大分、後になってからである。「なに、ほんの趣味なもんで……」といつも謙遜した。

「スターダスト」「マンボNo5」「オールウェイズ・ラヴ・ユー」「宇宙戦艦ヤマト」「2億4千万の瞳」「天城越え」……。今年2回目のライブには老若10人以上が集まった。スタンダードを含めた多様なメドレーが狭いスナックを突き破るようにはね返った。この手づくりライブはもう20年以上、続いている。「それにしてもフィナーレがどうして、『若い力』なんですかね」——。佐藤さんとマスターが顔を見合わせながら、言った。「それがねぇ、よくわからないんだよね。でも、この歌って、元気が出るじゃないですか」。その通りだと思った。男やもめの「ウジ虫」退治には音楽こそが特効薬であることに納得、納得……。

＊　＊　＊

そんなある時、今度は県外の知人から一冊の本が送られてきた。「あなたにピッタリだと思うから」と添え書きされた、そのタイトルはなんと『絶望名言』（飛鳥新社、2018年）。文学紹介者の頭木弘樹さんとNHKアナンサーの川野一宇さんとの対談をまとめた、NHKの人気番組「ラジオ深夜便」の書籍化である。カフカやドストエフスキー、ゲーテ、太宰治、芥川龍之介、シェークスピア……名だたる文豪の「絶望」名言がびっしり詰まっていた。「絶望したときには、絶望の言葉のほうが、心に沁《し》みることがある」と頭木さん。

たとえば、カフカのこんな言葉――

「将来にむかって歩くことは、ぼくにはできません。将来にむかってつまずくこと、これはできます。いちばんうまくできるのは、倒れたままでいることです」（『フェリーツェへの手紙』）――。「この言葉を読んだ時、ぼくは病院のベッドで倒れたままだったわけです。ですから、すごく響きました。（最後のフレーズは）これはもう笑うしかないですね」と闘病生活が長い頭木さんは語っていた。私もつられて一緒に笑ってしまった。何かがス～ッと抜けていくような感じがした。ついでに、ともに自死することになる太宰と芥川の絶望名言から――

「弱虫は、幸福をさえおそれるものです。綿で怪我《けが》をするんです。幸福に傷つけられる事もあるんです」（『人間失格』）、「あらゆる神の属性中、最も神のために同情するのは神には自殺の出来ないことである」（『侏儒《しゅじゅ》の言葉』）。これ以上の「絶望」の極はあるまい。凡人にはとても二人の真似などできない。じゃあ、「絶望を転じて、希望となす」――にはどうすればよいか。あれこれ考えているうちにふと、心づいた。

「若い力」（音楽）と「絶望名言」（文学）とを上手に調合すれば、……あら不思議、「希望の妙薬」がひょいっと、現れたりなんかしちゃって。「男やもめに蛆《ウジ》がわく」。こんな境遇を気遣ってか、友人や知人たちがウジ虫退治にひと役買って出てくれる今日この頃である。ありがたや、ありがたや。

夕張再訪――追憶の旅 〔5・24〕

「国策がまちを生み、国策がまちを消す」――。こんな表現がぴったりのまちがかつての炭都・夕張である。30数年ぶりになる再訪でその思いをさらに強くした。同行者はこの旅のきっかけを作ってくれた札幌在住の元高校教師、菊地慶一さん（前出）と夕張の取材経験のあるふたりの後輩記者、菅谷誠（70）と秋野禎木（61）の両君である。記憶の糸口を探るため、私たちはまずあの大惨劇の現場へと向かった。

笹の葉が風に揺れ、遅咲きの山桜がいまが盛りと咲き誇っていた。ウグイスが鳴き渡るその先に赤さびたトンネルの入り口がかすかに見えた。ヤマの男たちが地底の坑道に向かう際に使った人道である。私自身、何度この人道を行き来したことか。ある時、男たちの腰に弁当がふたつ、ぶら下がっているのに気が付いた。「ひとつはネズ公のもんだよ」とぶっきらぼうに言った。坑内にすみついたネズミはガスや火災などの異常をいち早く感知すると言われていた。38年前の北炭夕張事故の際、脱出しようとして息絶えたネズミの死

闇の坑底に通じる人車坑道の跡

骸が坑口近くで大量に見つかった。

この事故で当時、42歳だった坑内員の須磨寛さんが亡くなった。ひとりっ子の小学6年生、貢君と妻の和子さんが残された。貢君は寂しさを紛らわすため、鉄道写真や切符集めに没頭するようになった。和子さんは生活を支えるために炭住街の近くにスナック「和《かず》」を開いた。取材のたびに足を運んだ。手土産に鉄道関係のコレクションを携えるのを忘れなかった。

今回、訪れたのはちょうど「月命日」の16日だった。スナックのシャッターは下ろされ、営業している気配はなかった。最盛期、酔っ払いのケンカが絶えなかった炭住街には人の気配すらなかった。テクテクと歩き回り、やっと表札のある家にたどり着いた。不審げに顔をのぞかせた女性がニッコリ笑って言った。「店は数年目に閉じたけれど、和ちゃんは店と棟続きの住宅で元気にしているよ」。

「あの時の朝日の記者さんの……、マスコさん?」——。お互いに顔を見合わせ、しばらくして和子さんがスナックのママ時代と変わらないやさしい表情になった。焼香をさせてもらっている間、和子さんは堰《せき》を切ったように話し続けた。菅原文太似の貢君は中学卒業後、俳優を目指して上京した。東京で一度、食事をともにしたことがある。いまは父親の亡くなった年齢を超えて50歳になり、3人の子どもも立派に成長した。「俳優の夢は叶えられなかったけれど、営業関係で走り回っているらしい。夫が生きていれば80歳。私はいま75歳だから、あと5年たったら迎えに来てって言っているの」。俳優になりそこなった50歳の「菅原文太」に急に会いたくなった。人間のきずなの大切さに胸が熱くなった。

＊　＊　＊

「ぜひ、案内したい場所があるんです」と夕張取材の長い秋野君が言った。彼は「墓歩き」の異名を持っていた。強制連行された朝鮮人や中国人、タコ部屋の下請け労働者……。夕張のあちこちには地底《じぞこ》に絶命したいのちを慰霊する石碑が林立している。「炭鉱取材の原点はまず、死者の前に立つことから始めなければ。この地を訪れると自然と足がそっちに向くんですよね」。

「日高商事」などの看板を掲げたコンクリート造りの2階建ては少し傾き加減になりながらも、まだ当時の場所にあった。35年前のこどもの日、ここを拠点に炭鉱の下請けをしていた暴力団夫婦が保険金目当ての放火殺人事件を起こしてその後逮捕され、戦後初の夫婦同時死刑に処せられたことについては、前に書いた。「立ち入り禁止」の北海道警の黄色いテープが半分、ちぎれている。その奥をのぞいて、一瞬ひるんでしまった。足の踏み場もない室内に大型金庫がごろんと転がっていた。分厚い扉を重機か何かでこじ開けようとした形跡がある。妄想が広がった。「死刑の後、保険金がまだあるかもしれないと誰かが物色したのではないか」。

ふいに「ラクダ」事件を思い出した。北炭夕張新炭鉱が事故の末に閉山に追い込まれた直後、作家の故五味康祐の縁者を名乗る男がふらりと現れた。「町おこしの観光資源として、ラクダはどうか」と言って、実際に一頭のラクダを飼い始めた。北海道の寒さに砂漠のラクダは耐えることはできない。ほどなく、ラクダは死んだと噂された。「ラクダ肉料理」の看板が街角に出現した。その看板を残したまま、男はいずこともなく、姿をくらました。全国の地方自治体を渡り歩くペテン師だということが後でわかった。ある種の愛着を込めて、かつて私はこのまちのたたずまいを「夕張人外境」と呼んだことがあった。

ホテルに戻って、テレビをひねるとどの番組でも新しい時代を奉祝する「令和」狂騒曲が奏でられていた。頭がくらくらした。繁栄の人柱になった数知れないヤマの男たち、そして坑内に死したネズミやあのラクダの幻影が走馬灯のように頭の中を駆けめぐった。「スクラップ・アンド・ビルド」という名の石炭政策に翻弄《ほんろう》された炭都の盛衰がコマ送りのように目の前に去来した。おそらく、この虚実の逆転に私自身が圧倒されたのだと思った。

根室再訪――追憶の旅 〔5・30〕

棟梁格の絵描きの邦ちゃん夫婦、ひげの征三、風呂屋のひろしちゃん……。その名の由来は忘れてしまったが、根室勤務時代の悪童連のサークル「ガムツリー」の仲間たちがいまや遅しと待ち構えていた。記者生活の原点でもある〝国境の街〟の33年ぶりの再訪に胸が高鳴った。根室駅前の老舗のすし屋の一角……まるで「あの男」に生き写しのような中年男が目の前に座っていた。

かつて、終生の友情を誓った「平野禎邦《よしくに》」というフリーカメラマンがいた。朝鮮の血を引くこのカメラマンと私は根室の地で遭遇した。ひと目見て、運命的な出会いを感じた。憂いの中に怒気を含んだエネルギーに圧倒された。この男とならば、何でもできると思った。ソ連国境警備隊の追尾をかわしながらの密漁船の同乗取材、サハリン・北方領土での潜入ルポ、相次ぐ炭鉱災害の現場取材……。その都度、悲しみの中に人間味あふれる写真を写しとってきた。着氷してバランスを崩しそうになる小型密漁船の中で、毛ガニや花咲ガニ、タラバガニの踊り食いを堪能した日々を昨日のことのように思い出した。

「ぼくの北洋は、北の辺境に流れ着き棲《す》むものたちの、海もひとも魚も、すべてが一体となった風景のなかにあった」（あとがき）――。「ていほう」（と私は彼のことを呼んでいた）はその集大成を『北洋――おれたちの海』（小学館、1983年）と題して刊行した。

比類なき写真集として大きな注目を集めた。贈られたその写真集の裏表紙には骨太の字でこう書かれている。「地の底に這《は》う闇も、空と海の狭間《はざま》に漂う明も、人の生活に非ず。人が人として唯一、生を享受できるのは、この大地の上」。あらゆる現場に身を挺してきた男ならではは実感のこもった言葉だった。

「ちょうど、父が生きた年齢に達しました」と目の前の中年男が口を開いた。長男の朋光君（48）だった。「ていほう」は写真集を世に問うた9年後の1992年10月、48歳の若さでがんで旅立った。当時、東京勤務だった私も急きょ「しのぶ会」にかけつけた。彼の活動を陰で支え続けた「ガムツリー」や物心両面で援助してきた人たちなど数十人が集まった。「彼がそばにいなかったら、闇の世界に足を踏み入れることはできなかったと思う。これほどの喪失感を感じた男はいなかった」と私は不覚にも涙を流しながら、別れの言葉を述べた。

＊　＊　＊

いつの時代でも〝国境の街〟はそこに住む住民や零細漁民などを「人質」にとった政治

問題として、存在し続けてきた。だから、その地を取材する者にとっては、人質たちの〝落とし前〟の付け方が最大の興味の対象になる。つまり、国の政策に翻弄される者たちの生きざまを直視しなければ、何も見ないことになってしまう。根室に赴任した私はまず、闇の世界にうごめく人脈探しから始めた。嗅覚の鋭い「ていほう」がいつも同行した。国境警備隊側に情報を提供する見返りにカニの密漁を見逃してもらう「レポ船」の暗躍、高速エンジンを搭載して違法操業を繰り返す「特攻船」……。

ある密漁船の船主と密漁カニを卸す業者との間に不思議な〝信頼〟関係ができていた。取材に回るたびに、警察や海上保安部の尾行が付いていることは先刻承知していた。ある時、警察署長からお座敷が掛かった。当時、知床半島の付け根で、遺体なき殺人事件が起きていた。北方領土の貝殻島周辺のコンブ群生地に頭部が絡まっているという噂が広がった。「あそこには日本の警察権が及ばない。あなたの筋（密漁者）で、あのガイコツを日本側に持って来てもらうことはできまいか」と署長は言った。「1週間、密漁に目をつぶってもらえれば……」と私はしたり顔で条件を出した。さすがに、警察側が密漁を見て見ぬふりをすることはできない。当然のことながら、この〝商談〟は不調に終わった。いつしか、ガイコツも流氷とともにいずこにか流れ去り、この事件は未解決のままにピリオドを打った。

＊　　＊　　＊

有島武郎の『生れ出づる悩み』（1918年）のモデルは北海道岩内町出身の画家、木田金次郎（1893～1962年）と言われる。漁業のかたわら、画業に没頭した。イニシャルが同じ根室の「K・K」は暴力団の流れをくむ密漁業者で、私の重要な情報源だった。ある時、この男がポツリともらした。「オレはいま、裏街道の人間だが、おじちゃんは有名な画家なんだぞ」。その誇らしげな表情がいまも忘れられない。金次郎の血脈に当たることにちょっと驚いたが、それっきり忘れていた。

今回の長旅のハンドルを握ってくれた後輩記者の菅谷君はイタリア文学の翻訳をするかたわら、画家「木田」の業績を検証するなどの地道な仕事を続けている。だから、「K・K」との面談も根室再訪の大きな目的のひとつだった。「ひと足、遅れてしまったな。K・Kは3カ月ほど前にがんで亡くなったよ」とすし屋の宴席で絵描きの邦ちゃんが言った。妻に先立たれ、一人息子も交通事故の後遺症を苦にして自死したことをその場で知った。〝裏情報〟を得るお返しに家庭教師をしていた美男の中学生だった。プツンと糸が切れたような気がした。

酔いが回った宴席では耳慣れないロシア語が飛び交っていた。「エカシ」（長老）を自称するひげの征三と10日ほど前に朝日新聞根室支局に着任した大野正美記者が「オーチンハラショー」とかなんとかやっている。ロシアと国境を接するこの地ではロシア語の日常会話を話す住民が結構いる。大野記者はモスクワ支局長も務めたロシア語の達人である。「何でもありのごった煮。だから、国境の街は面白いんだよな」ともう一人の記者がちょび髭をいじりながら、ニヤニヤしている。19年前、旧石器をねつ造し、世紀の発見を自作自演した「ゴッドハンド（神の手）」事件をスクープした毎日新聞根室支局長の本間浩昭記者である。根室に骨を埋めるつもりでいる。敵ながら、あっぱれ……よだれが出るような見事なスクープだった。

密漁船の船主だった「Y・T」に会いたいと思った。「ていほう」と乗り込んだのはこの男の持ち船だった。レポ活動をしながら、世界中を股にかけたと豪語していた。記憶が薄れた道順を辿ってやっと行き着くと、遊び仲間と山菜取りに出かけるところだった。

日本列島最後の千島桜（根室市内で）

「おやじ、海じゃなくて山なの？」と声をかけると、破顔一笑した表情が次の瞬間、泣きべそになった。「よく、来てくれたのう。密漁の時代はとっくに終わったよ。わしの武勇伝は（毎日）の本間記者に伝えるから。母ちゃんには逃げられ、いまはやもめさ」と86歳になる老密漁者は力なくつぶやいた。

「天国と地獄が同居する」――根室のまちは霧に包まれ、つかの間の晴れ間に列島最後の千島桜が満開の花を咲かせていた。国境を隔てた人間模様が織りなす「人生劇場」がそこに広がっていた。

『えんとこ』〔6・10〕

『えんとこの歌』（2019年7月公開）と題するドキュメンタリー映画を観た。「寝たきり歌人・遠藤滋」というサブタイトルが付いている。障がい者の「生き方」に向き合い続けてきた映画監督の伊勢真一さん（71）が前作の『えんとこ』（1999年）を受けて制作した最新作。「遠藤滋のいるトコ、縁のあるトコ、ありのままのいのちを生かし合いながら、生きる……トコ」——。「えんとこ」にはこんな思いが込められている。2017年夏、神奈川県相模原市で起きた「障がい者大量殺人」事件をきっかけに、20年ぶりに続編の制作に取り組んだ。

遠藤さん（72）は仮死状態で生まれ、1歳のころ、脳性小児マヒと診断された。大学を卒業後、重度障がい者として初めて、母校の養護学校（当時）で国語教師となった。しかしその後、障がいは進行し、寝たきりの状態になってすでに34年になる。学生時代の友人だった伊勢さんの背中を押したのは、遠藤さんの「微動だにしないまっさらな生き方」だったのかもしれない。

東京・世田谷のマンションの一室が遠藤さんの根城である。2DKの部屋に若者たちの明るい声がはね返っている。女子高生や腕にタトゥを施したバンドマン、海外からの留学生、悩みを持つ中学生……。「重度訪問介護」事業の認定を受けた介助の仕事に、この34年間で2000人以上の若者たちが関わってきた。1日24時間3交代の介助が必要な遠藤さんは介助者の前にすべてをさらけ出すことでしか「生」を維持することはできない。排泄介助を受け持つ女性が一瞬、戸惑いを見せる場面がある。「遠藤さんには何の隠し事もない。なのに自分の方がためらっている。これはおかしい」。汚物処理を終えた女性がニッコリ笑って言った。「出たよ。バナナの半分くらい」

映画の主人公は言うまでもなく遠藤さんである。しかし、場面が進むにつれ「もうひとりの主人公は介助に当たる若者たちではないか」と思えてきた。いや、こっちの若者たちの方が実は本当の主役ではないのか、と。タトゥのバンドマンが何ごとか独りごちている。「『寄り添う』っちゅうのとはちょっと違うんだよな。『寄り合う』っう方がピンとくるな」。互いが互いをさらけ出すこの空間に飛び交う言葉たちに虚を突かれる思いがした。漂白されたような薄っぺらな言葉が浮遊するいまの世の中、この狭い空間の中で久しぶりに「本物の言葉」と出会えたような気がした。そう、「えんとこ」とは「ここに集まる若者たちのいるトコ（居場所）」だったということに……。

「自分の足で歩こうという思いを諦めない遠藤のように、私は生きようとしているだろうか。ありのままのいのちを生かし合いながら生きる……ということを私は遠藤から学んだ」と伊勢さんは語っていた。

（註）遠藤さんは２０２２年５月20日、74歳で旅立った。

アジサイとスギナとカエルとヘビ……　〔6・27〕

玄関先と庭のアジサイ（紫陽花）が咲いた。亡き妻が愛したガクアジサイである。一周忌（7月29日）を前に今月初め、荒れ放題だった草取りをシルバー人材センターに依頼した。花を縁取る額縁のような見事な咲きっぷりに見とれていたのもつかの間……〝難防除雑草〟と忌み嫌われるスギナがアジサイの足元に襲いかかろうとしているではないか。地下茎を伸ばして繁茂し、草花の大敵である。さて、腰をかがめて引き抜こうとするも、途中でプツンと切れてしまい、その先はまるで地下をはいめぐるヘビのよう。近くのため池から、カエルの大合唱が聞こえてきた。こうなったらもう、「蛙の詩人」と呼ばれた草野心平さん(1903〜1988年)に登場してもらうしかない。

「るるるるるるるるるるるるるるるるるるるるる」(「春殖」)——。ひらがなの「る」だけを20個並べた不思議な詩がある。オノマトペ(擬音・擬態語)の天才と言われた心平さんの詩集『第百階級』(1928年)は収録された45編すべてがカエルをテーマにしている。そのひとつ「号外」はヘビににらまれ通しのカエルがその死に歓喜する詩である。虐げられた階級に位置づけられるカエルたちが抑圧者たるヘビの死を喜んでいる光景が目に浮かんでくる。私にはカエルの鳴き声は「ぐわっ、ぐわっ」としか聞こえないが、心平さんの手にかかると、こんな風に変奏する。「ぎやわろッぎやわろッぎやわろろろろりッ」という異様なオノマトペがカエルの喜びの強烈さをよく伝えている。

さて、ヘビならぬ我がガクアジサイの仇敵のスギナといえば、梅雨がもたらす慈雨を思いっきり吸い込んで、日に日に勢いを増すばかり。老残の身との戦いはどう見てもスギナの方に分がありそうである。妻が旅立った昨年の夏も紫陽花は見事な花を咲かせていた。

あと1カ月余り、ほとんど〝勝ち目〟のない、スギナとのいたちごっこを私は続けなければならない。そんな時の応援歌こそがカエルたちの雄叫びである。「ぎやわろッぎやわろッぎやわろろろろりッ」――。梅雨空の下のハーモニーは心地よくもある。

そういえば、宮沢賢治の『春と修羅』に共鳴した心平さんは生前の賢治とは会う機会には恵まれなかったが、その作品のすばらしさを世に紹介し続け、最初の全集（文圃堂版『宮澤賢治全集』）の刊行に尽力した。忘れかけていた、そんなこともカエルたちは思い出させてくれた。

（7・7）

「見えない涙」と「涙ぐむ目」

『見えない涙』（亜紀書房、2017年）というタイトルの詩集が知人から送られてきた。著者は敬愛する批評家で随筆家でもある若松英輔さん（51）である。「奥さまのご命日（7月29日）を控え、この詩集を送ります」という一筆が添えられてあった。26篇が収められた詩集のあとがきで、若松さんは宮沢賢治の詩「無声慟哭」（『春と修羅』所収）を取り上げ、その詩の内容についてというより、題名そのものに関して次のように書いていた。

「「慟む」は「いたむ」と読む。それは「悼む」と同義だが、「慟」の文字の方が、心の揺れ動くさまがいっそうはっきりと示されている。「哭」は「犬」の文字があるように、人が獣のように哭《な》くことを指す。こうした行為に賢治は「無声」という言葉を重ねる。本来ならば、天地を揺るがすような声で哭くはずなのに、声が出ない。哭くことが極まったとき、人は声をうしなうというのである。同質の現象は声ばかりではなく、涙においても起こる。悲しみの極点に達したとき、目に見える涙は涸れ、その心を見えない涙が流れることがある。悲しみの底を生きている人はしばしば、声に出して哭かず、涙を見せず暮らしている」

わが家にほど近い北上川河畔に賢治が自耕したといわれる「下の畑」があり、その中央に「涙ぐむ目」という木製の標識が立っている。賢治は生前、8枚の花壇の設計図を残しており、そのひとつがこの「Tearful eye」（涙ぐむ目）である。設計原画ではひとみは黒色系のパンジー、その周辺に青系のブラキスコメ（姫コスモス）を配し、花壇の目尻と目頭に白い睡蓮《スイレン》の水がめを置いて、この花が開くと涙ぐむ目のように工夫が凝らされている。12年前、下の畑を管理する地元有志の手で模型が造られた。約130平方メートルの花壇には色とりどりの季節の花が絶えることがない。
下の畑のわきに、賢治が農作業の疲れをいやすために腰を下ろしたと伝えられる大きな石がごろんと転がっている。私も散歩のたびにその石を拝借して、しばしの瞑想にふけることがある。梅雨の合間のある日、いただいた詩集を手に散策に出かけた。川面を渡る風が肌に心地よい。遠方の高台に見えるのが、賢治が農民芸術などを講義した羅須地人協会の跡地である。ふいに、「涙ぐむ目」から「見えない涙」のひとしずくがこぼれ落ちたように思った。たとえば、こんな詩篇を読んだせいかもしれない。

《旧い友》
あたらしい友達で
日常をいっぱいにしてはならない
苦しいときも
じっと
かたわらにいてくれた
旧友の席がなくなってしまう

あたらしい言葉で
こころを一杯にしてはならない
困難のときも
ずっと
寄り添ってきた
旧《ふる》い言葉の居場所がなくなってしまう

言葉は
思いを伝える道具ではなく
共に生きる
命あるもの

だから人間は
試練にあるとき
もっとも大切な何かを求めるように

たった一つの言葉を探す
たしかな光明をもとめ
わが身を賭して
伴侶となるべき一語を
希求する

カント　オロワ　ヤク　サク　ノ　アランケプ　シネプ　カ　イサム　〈7・29〉

妻が旅立って、7月29日でちょうど1年が経った。あの日も酷暑の夏だった。抗がん剤治療を続けていた妻は見る見るうちにやせ細っていった。「神や仏はいないものなのか」……。数年間にわたって、妻を苦しませ続けてきた「病魔」の前に私はなす術もなく、立ち尽くしていた。とそんなある日、「神さまはいるんだよ」という声が遠音に聞こえたような気がした。

「徘徊する神」――。その神はアイヌの世界で、こう呼ばれていた。アイヌ語訳すると「パヨカ（歩く）・カムイ（神）」となる。長いひげをたくわえたエカシ（長老）がニヤニヤしながら言った。「アイヌは人間の力の及ばないものはすべてカムイだと信じてきた。だから、コタン（集落）を全滅の危機におとしいれる「病気」もれっきとしたカムイなのさ。病気の神さまも自分の役割を果たすのに必死なんだよ。病気をまき散らすためにせっせと歩き回るから、いつも腹をすかせていてな。で、徘徊する神というわけだ。この時の魔除けにもいろいろあるぞ」。

かつて、アイヌ民族にとっての大敵は「疱瘡《ほうそう》＝天然痘」だった。流行の兆しがある時には「どうか私たちのコタンには近づかないで……。これでお腹を満たしてください」と家々から持ち寄った穀物などを火の神（アペフチカムイ）を通じて届けたり、コタンの入り口に匂いの激しいヨモギの草人形を立てたりして、病気の退散を願った。こんな言い伝えを口にしながら「でもな、実際にパヨカカムイに取りつかれた時にどうするかだ」とエカシは自慢のひげをもてあそびながら、続けた。「薬だけで治ると思ったら、大間違い。病気の神さまとも仲良く付き合うことが大事なのさ」。

入退院を繰り返していた別のフチ（おばあさん）からはこんな話を聞かされた。「病気の神よ、私の体の中はそんなに住み心地がいいのかい。でも、あんまり暴れるとワシも痛いから、仲良くしようよ。こう言うのさ」。元気になって退院したフチは今度はすました顔でこう言った。「やれやれ、あの病気の神さまはよっぽど、ワシの体の住み心地が悪いと見えて逃げて行ってしまったよ」。30年近く前のこの時の取材体験を、私は病臥《びょうが》する妻に聞かせてやりたいと思ったのだった。ウンウンとうなづいていたその表情が一瞬、微笑んだように見えた。息を引き取ったのはその数日後のことだった。刹那《せつな》、ある歌が口からもれた。

「若き日　はや夢と過ぎ／わが友　みな世を去りて／あの世に　楽しく眠り／かすかに　我を呼ぶ、オールド　ブラック　ジョー／我も行《ゆ》かん、はや　老いたれば／かすかに　我を呼ぶ、オールド　ブラック　ジョー／我も行かん、はや　老いたれば／かすかに　我を呼ぶ、オールド　ブラック　ジョー」――。のちにシベリアの凍土で帰らぬ人となった父親を戦地に見送った直後から、当時まだ5歳だった私はアメリカの作曲家・フォスターのこの黒人霊歌をつっかえひっかえ、原語で歌うのが習い性みたいになっていた。父親との別離が子ども心にも辛かったのだと思う。その没入ぶりは母親もびっくりするほどだった

妻の遺影を前にした娘夫婦と孫たち（自宅で）

らしい。

「Gone are the days when my heart was young and gay...」――。一周忌前日の28日、妻と私が幼い時に見物を欠かさなかった浄土宗の寺の宵宮に孫たちを連れて行った。その時にふいに口をついて出たのもこの「オールド ブラックジョー」（黒人の老翁・ジョー）だった。一体、何故だったのか。いまもその理由は判然としない。宵宮のたたずまいが遠い記憶を呼び起こしたのだろうか。ひょっとしたら、世代をまたぐ孫たちに何かを引き継ぎたいという切羽つまった気持ちだったのかもしれない。

表題に引用した言葉はアイヌ文学の「ウエペケレ」（昔話）によく出てくる表現で、「パヨカカムイ」もそうであるように「天から役割なしに降ろされたものはひとつもない」という意味である。結婚以来50年――妻は愚痴ひとつこぼすことなくその「役割」を十分に果たしてくれた。逆に、尻込みする私にハッパをかけてくれたりもした。そんな妻の死から、あっという間に1年が過ぎた。

第3章　(続)「やもめ」放浪記

男やもめの〝ハシゴ映画〟顛末記　〔2019・10・19〕

連れ合いと生業《なりわい》を同時に失った私はもはや、〝両翼〟をもぎ取られた航空機も同然だった。真っ逆さまに墜落するしかないと思った。事実この間、墜落こそは辛うじて免れたものの、絶えず地上すれすれの低空飛行を続け、いまに至っている。死に損ないの情けない余生ではないか。とそんなある日、「妻に先立たれ、夫は不眠に」という新聞（10月12日付朝日新聞「患者を生きる」）の大見出しが目に飛び込んできた。その内容にドギマギした。ほぼ同世代の記事の主人公（81）はまるで、自分の分身みたいだった。こんな苦闘の日々がつづられていた。

「年中、話をしていた存在がいなくなってしまった。胃の調子が悪く、食べられないし、眠れないんです。朝、目が覚めて『おい』と声をかけても、隣にいるはずの妻はもういない。喪失感は大きかった」――。近所の内科で精神安定剤として出された抗不安薬をのむ日々が続いた。あるきっかけで「遺族外来」に足を運んだ。検査を終えた後、担当医師は「総合的にみると、うつ病ですね」と告げた。その医師によると、うつ病は全人口の3~7%の人がかかるとされ、家族の死別を経験した場合、1年後に15%の人がかかっているという調査もある。とくに、夫や妻といった「配偶者」を失うことは人生最大のストレスで、遺族外来を受診する40%がうつ病と診断されているという。

こうした心身の反応を医学的には「悲嘆(グリーフ)」と呼ぶらしい。担当医は「組み上げた積み木の真ん中にあった『配偶者』という肝心なピースがなくなり、積み木が崩れた状態。回復にはその積み木をもう一度組み直していくプロセスが必要だ」と語っている。記事中の先輩やもめは訪問看護師のすすめでジム通いを始め、いまでは友人と海外旅行をするまでに元気になったらしいが、人の生き方は千差万別である。「そう簡単に問屋は卸してくれない」――経験者の私が言うのだからまちがいない。グリーフを乗り越え、生きがいや役割の再発見に至るまでには数カ月から数年かかるというデータもある。私も週に

3回程度、ジムで汗を流しているがまだまだ、悪戦苦闘の真っ最中である。そんなある日、私はハタと膝を打った。「そうだ、映画があるじゃないか」。

10月中旬のある日、私はとなり町の映画館へと向かった。『万引き家族』（2018年6月公開）でカンヌ映画祭最高賞の「パルム・ドール」を受賞した是枝裕和監督による初の日仏共同制作作品『真実』、ハリウッド映画のリメイク版『最高の人生の見つけ方』（犬童一心監督）、作家・太宰治をめぐる3人の女たちを描いた『人間失格』（蜷川実花監督）の豪華3作のハシゴを敢行したのである。生と死、愛と憎しみ……。いずれも2019年の公開で、私好みの人間模様を描いた作品である。こんなぜいたくな映画三昧《ざんまい》は学生時代以来。上映時間は合わせて6時間を超すが、感情移入しているつかの間は、鬱鬱《うつうつ》たる〝日常〟から離陸できる貴重の時空間である。

「戻らなくていいですよ、家庭に」、「愛されない妻より、ずっと恋される愛人でいたい」、「死にたいんです一緒に、ここでいま」、「壊しなさい、私たちを」、「傷ついた者だけが、美しいものを作り出すんだ」――。太宰の正妻（津島）美知子と『斜陽』のモデルとなった愛人（太田）静子、太宰を道連れに入水自殺を図った最後の愛人（山崎）富栄……。目の前のスクリーンから3人の女たちの切ないセリフがもれ聞こえてくる。「人間は堕《お》ちる。生きているから堕ちる。なあ太宰、もっと堕ちろよ」――かたわらでは『堕落論』の親友、坂口安吾が絡んでいる。そんな太宰のデカダンス（虚無・退廃）に酔いしれていた時、とつぜん我に返った。

「男やもめにゃ蛆《ウジ》がわき、女やもめにゃ花が咲く」――。先の短いわが身を振り返りながら、私は自虐《じぎゃく》じみた独り言をブツブツとつぶやいていた。「映画の主人公みたいな芸当はとてもできない小心者。この歳《とし》ではいまさら、寄り添ってくれるパートナーもいないだろうしな。〝事実は小説（映画）よりも奇なり〟……例の俚諺《りげん》もしょせん、私などには当てはまりそうにない。いっそのこと、先輩やもめに見習って、遺族外来とやらの世話になってみるとするか（モゴモゴ）」。

それにしても、太宰治ってちょっと、格好が良すぎるんじゃないの――。

男と女の〝棺桶〟リスト〔10・29〕

「女房に先立たれた夫は大体、2年以内に死ぬらしいぞ」――。盟友のジャズミュージシャン、坂田明さんからこんな〝ご託宣〟を受けてからさらに時が流れ、ふと気が付けば本日（10月29日）が14回目の月命日である。ということは、坂田さんの定理に従えば、私の余命は最大であと9カ月ということになる。「老い先」のことはなるべく考えないことにしていたが、折しもこんな自分にお灸《きゅう》をすえてくれるような映画が公開された。

前述の『最高の人生の見つけ方』（10月11日公開）は、人生のほとんどを家庭のために捧げてきた主婦・幸枝（吉永小百合）と、仕事一筋に生きてきた大金持ちの女社長・マ子（天海祐希）が主演。がんの余命宣告を受けた2人は病院で偶然に同室となる。人生に空しさを感じていた2人は難病で入院中の少女が残した「死ぬまでにやりたいことリスト」をたまたま手にする。幸枝とマ子は残された時間をこのリストに書かれたすべてを実行するために費やす決断をし、自らの殻を破っていく。「人生の中の幸せの時間というのは永遠には続きません。だからこそ、できるだけハッピーに見える時間を作るようにしました」と犬童監督は語っている。何となく勇気をもらったような気持ちになった。

実はこの映画には〝元祖〟がある。米国で２００７年に公開され、世界中で大ヒットした同名の映画（ロブ・ライナー監督）である。がんで余命半年を宣告された大富豪の剛腕実業家（ジャック・ニコルソン）と勤勉実直な自動車修理工（モーガン・フリーマン）がこっそり病院を抜け出し、人生最後の旅に出るという場面で映画はクライマックスを迎える。ところで、「The Bucket List」――つまり〝棺桶リスト〟がこの映画の原題である。まさに、言いえて妙《みょう》とはこのことである。

「何でも手に入れることができた人間が本当に欲しかったものは？」、「最後に見つけた本当の幸せとは？」。この二つの映画に共通するテーマである。さ〜て、わが男やもめも我流の〝棺桶リスト〟を作ってみることにするか。と、ここでまた頭を抱えてしまう。「果たして同じ境遇の相方がすぐに見つかるかなぁ」。とりあえずは手引書をわきに置きながら、じっくり考えて見よう。

ああ、青春よ――歌ってマルクス、踊ってレーニン　〈11・13〉

それはひょんなことがきっかけだった。やもめ暮らしの孤独をかこっていた酷暑の夏のある日、知人から声をかけられた。「歌なんかどう。腹の底から声を出すとすっきりするんじゃないかな」。ちまたでは「一人カラオケ」とか「一人居酒屋」などが結構、流行《はや》っているらしかった。〝孤独人間〟を生み出す社会のありようには関心があったものの、そんな自分の姿を想像するだけで背筋が寒くなった。ひとりで酒を飲み、ひとりでマイクを握る……余りにも不気味な光景ではないか。「一人では孤独からは脱出できない。逆に増幅するだけ」と悶々《もんもん》とする日がそれからしばらく続いた。

和風喫茶「手風琴」――。となり町にある〝てふうきん〟という柔らかい名前の店を突然、思い出した。「こっちにおいで」とまるで手招きされているような気持になった。あえて「アコーディオン」とは呼ばない、その命名が人恋しさの募る私にぴったりだったのかもしれない。戦後最大のえん罪事件と言われた「松川事件」(昭和24年)を担当した弁護士、後藤昌次郎さん(故人)のめい御さんである後藤昌代さんがこの喫茶店を経営している。有志のメンバーはバナナのたたき売りや皿まわし、南京玉すだれなどの大道芸にも秀《ひい》でており、障がい者施設の園長時代に一度、お招きしたことがある。笑いの渦が施設内にはね返り、利用者の拍手が途絶えなかったことを覚えている。もう十数年も前のことである。

「あの時、たしか歌声喫茶もやっていると言っていたなぁ」。酷暑をかき分け、恐るおそる足を運んでみた。首から名入りのプレートをぶら下げた20人以上が歌詞カードを手にしていた。ほとんどが70歳を超すと思われるご婦人たちで、男性は私を含めて3人だけ。合唱が始まったが、声が上ずってなかなか唱和についていけない。いつぞやのお礼を述べると、「こんなイベントがあるけどいかがですか」と後藤さんから一枚のチラシを渡された。「第14回新宿歌声喫茶／ともしびinもりおか」と書かれていた。大げさに言うと、ビビッと火花が体を射抜いたような不思議な感慨にとらわれた。

もみじ、山小屋の灯、青い山脈、カチューシャ、琵琶湖周航の歌、高原列車は行く……。JR盛岡駅に隣接する「アイーナ」（いわて県民情報交流センター）の会場では〝懐メロ〟のオンパレードが響き渡っていた。500席はすべて満席。陣取るのは〝あの時〟から一気に時を駆け抜けてきたような「若」を除いた「老（若）男女」たちである。時にはハンカチをはためかせ、こぶしを振り上げる。いつしか、その集団の中で声を張り上げている自分を発見した。このエネルギーとは一体、何だったのだろうか。

政治の季節と呼ばれた「60年安保」（1960年の安保条約改定反対闘争）の時、私は大学2年生だった。連日のように「安保ハンターイ」を叫んで国会に向かい、疲れた帰途の

青春を謳歌した元祖「歌声喫茶」の高齢者（盛岡市内のホールで）

足は自然の流れのように当時、西武新宿駅前にあったビルに吸い込まれて行った。この元祖・歌声喫茶「灯《ともしび》」は1954（昭和29）年にオープンした。ある日、聞き覚えのあるメロディーが耳に届いた。司会者が「北上川の初恋」と説明したこの歌はのちに「北上夜曲」として、一世を風靡《ふうび》することになる。高校生時代に仲間たちと秘かに口ずさんだ故郷の歌がこんな形で歌い継がれていることが何となく誇らしげに思えた。

「歌ってマルクス、踊ってレーニン」――。当時、こんな戯《ざ》れ歌が学生や労働者の間でもてはやされていた。「安保と三池（九州・三池炭鉱の反合理化闘争）」という激動の時代を象徴するのにぴったりのキャッチフレーズだった。一方で、こんな悲壮感の中にも何となくホッと安堵するような空間が歌声喫茶にはあった。マルクスやレーニンをめぐって、取っ組み合いのけんかが始まったと思えば、次の瞬間には互いに肩を組みながら、労働歌やロシア民謡を歌っている。一杯のトリスウイスキーで夜更けまで粘った当時が妙に懐かしく思い出される。最盛期、「灯」の前には長蛇の列ができた。作家の火野葦平は名づけて「歌うビルディング」と呼んだ。

今回のイベントは元祖の精神を引き継ぐ現「ともしび」が企画した。老残の身を振りしぼるようにして雄叫びを上げていた時、周囲を壁に囲まれた個室でたったひとりで歌い続ける「一人カラオケ」の光景が目の前にボ〜っと浮かんだ。前に座っていた70代の女性が持参の茶菓子をポリポリかじりながら、ポツリと言った。「あんな贅沢な青春を持つことができた私は幸せだった」。私もそう思った。

元祖「灯」の創立メンバーのひとりに、歌唱指導をする丸山里矢という女性がいた。その一人娘で女優の丸山明日果さん（45）は母親の足跡をたどった自著『歌声喫茶「灯」の青春』（集英社、2002年）のあとがきにこう書いている。「そんな母の生き方を、私は潔いと思う。同時にこうも思う。母が生きてきた時代は、潔くなければ生き抜けないほど、時の荒波が激しく押し寄せて来た時代だったのかもしれない、と」――。考えてみれば、歌声喫茶も「一人カラオケ」もその時代を映し出す合わせ鏡ではないかと思う。しかし私にはひとりで歌いながら、自己陶酔や現実逃避にひたる勇気はとてもない。〝歌声〟世代の古い人間にとって、それはどうみても「不健全」な代物である。私は大勢の人たちに囲まれながら、ふと感じる「孤独」が好きである。

「老い」の3部作――その「かたち」と「味わい」と「ゆくえ」と 〈11・17〉

つい、旬日前の〝青春賛歌〟の余韻がまだ、続いているような不思議な感覚を覚えている。作家、黒井千次さん(87)の「老い」の3部作を読み進むうちに、青春ならぬ〝老いの息吹き〟を感じたせいかもしれない。読売新聞夕刊の人気コラム「時のかくれん坊」を書籍化したもので、『老いのかたち』(2010年)、『老いの味わい』(2014年)、『老いのゆくえ』(2019年、以上すべて中央公論新社)と刊行が相次ぎ、健筆はまだ続いている。連載が産声を上げたのは2005年5月27日。筆者が72歳の時だから、足掛け15年に及ぶ「老いの実況放送」である。

「この人は老いを満喫しているのではないか」。8歳年下の私は老作家の背中を追走しながら、そんな思いを強くした。たとえば、こんな文章に出くわす。「病が相対的な状況であるとしたら、老いは絶対的な状態であるといわねばならぬ。病には、病気の過去を否定する意味での快気祝いがあるが、老いにはむしろ重なり続ける年齢を肯定する長寿の祝いしかない。だから、老病人はせめて病気を乗り越えて元気に歩ける老人に戻らねばなるまい。そうでなければ、折角与えられた機会なのに、老いとはいかなるものかを味わう僥倖《ぎょうこう》を失ってしまうからである」（第1部）――。己の老いを突き放して観察する「若さ」がここには感じられる。さて、わが身はというと……。

私が市議会議員に初当選したのはちょうど、70歳の時である。この達意の文章について、哲学者の柄谷行人さんは「老いの問題を、広く歴史的・社会的に見る観点、あるいは、セネカ（筆者注：古代ローマの政治家で哲学者）のような哲学的考察があった」（7月27日付「朝日新聞」）と書いている。こんな理屈っぽい話ではなく、私の出馬の動機は「若気の至り」を逆手に取ってやろうという〝奇矯《ききょう》〟が先に立っていたような気がする。つまりはこの神聖な選挙制度を利用して、わが〝老化度〟を測定してみようという魂胆である。「歳の割には老けてないな」という自己判定にまんざらでもなかった。2期8年間の議員生活にピリオドを打った78歳の時に転機が訪れた。妻の死である。同じ年齢のころの黒井さんは、こんな老いを味わっている。「物忘れ」についての文章である。

「歳を取る、と一口にいうけれど、それには様々の段階があるらしい。人の名前や土地の呼び名などを忘れて思い出せないのはもう当たり前のことであり、八十に近い同年配者の間では、物忘れは最早《もはや》話題にもならない。……しかし時によっては、自分が何を忘れ、何を思い出そうとしていたか、その内容自体を忘れて見失ってしまうこともある。何かを思い出そうとしていた、という前屈《かが》みの姿勢の余韻だけが身の内に残っているのに、それがどんなものであったかが霧の中にぼやけてしまっている」（第2部）。私が「物忘れ」症候群の恐ろしさを思い知らされたのは妻と死別した後のことである。

老いの「ゆくえ」を追い求める第3部にはこんな記述もある。「独りで家を出ることになるので玄関の鍵をかけることを決して忘れるなと家族に言われ、誰もいなくなる家の玄関ドアに鍵をかけてから門扉までの二、三歩を進むうちに、本当に鍵をかけたかどうかがわからなくなっている。心配なので引き返して確かめると、鍵はしっかりかけられている」――。鍵だけではなく、ガスコンロの消し忘れなど私自身もしょっちゅう、危ない思いを経験している。私の周辺には連れ合いなど注意を喚起してくれる存在がいないだけに事はより深刻である。さらには妻との二人三脚の人生を総括しようにも、その記憶が断絶することさえしばしばある。

「物忘れ」は老いの宿命とはいえ、妻の死は一方で「思い出す」ことの大切さとそのエネルギーを授けてくれたのではないか、とそんな殊勝な気持ちになることもある。ともあれ、これから先も七転び八起き、いや〝七転八倒〟を繰り返しながら「男やもめのゆくえ」を手探りするしかあるまいと思っている。ふと見上げると、霊峰・早池峰はもう白雪をいただいている。この山容は永遠に変わることはないのだろう。そうか、神は老いないということなのかと妙な感慨にふけりながら、「老いとは一体、何なのか」を考える日々――。

追悼!!「アフガン、命の恩人」中村哲　〈12・4〉

「この土地で『なぜ20年も働いてきたのか。その原動力は何か』と、しばしば人に尋ねられます。人類愛というのも面映いし、道楽だと呼ぶのは余りに露悪的だし、自分にさしたる信念や宗教的信仰がある訳でもありません。良くわからないのです。でも返答に窮したときに思い出すのは、賢治の『セロ弾きのゴーシュ』の話です。セロの練習という、自分のやりたいことがあるのに、次々と動物たちが現れて邪魔をする。仕方なく相手しているうちに、とうとう演奏会の日になってしまう。てっきり楽長に叱られると思ったら、意外にも賞賛を受ける」

「アフガンの命の恩人、中村哲さん、銃弾にたおれる」という衝撃的なニュースに接し、私はいま、呆けたような状態で冒頭の文章を口にしている。『医者井戸を掘る——アフガン旱魃との闘い』（石風社、2001年）などの著書で知られる医師の中村哲さん（享年73歳）が4日、ハンセン病の治療や農業振興などの支援に当たっていたアフガニスタンでテロの銃弾に死した。引用した文章は2004年、第14回イーハトーブ賞を受賞した際、遠い異国のアフガンから寄せられた感謝のメッセージの一節である。この文章はこう結ばれている。「馬鹿で、まるでなってなくて、頭のつぶれたような奴が一番偉いんだ（宮沢賢治『どんぐりと山猫』）という言葉に慰められ、一人の普通の日本人として、素直に受賞を喜ぶものであります」。

私が新聞記者として初めて遭遇した最大の出来事は前述した「三池炭鉱炭じん爆発事故」で被災し、重篤な後遺症に苦しむ患者たちの取材だった。この戦後最大の事故では458人が死亡し、839人が〝不治の病〟と言われた「一酸化炭素（CO）中毒」に侵された。九州大学医学部を卒業した中村さんがその時、若き神経内科の研修医として、患者の治療に奔走していたことをあとで知った。当時、阿鼻叫喚《あびきょうかん》の現場で、互いにすれ違っていたかもしれない。いま思えば、その時の運命的な〝出会い〟が6歳年下ながら、私が彼を人生の師と仰ぐきっかけだったように思う。

中村さんの母方の伯父は作家の火野葦平で、外祖父は日本有数の炭鉱地帯・筑豊の荷役を一手に請け負ったヤクザ（任侠）の血を引く玉井金五郎である。火野の長編小説『花と竜』は父親の玉井をモデルにした作品で、映画化もされた。受賞後、中村さんが講演に当地花巻を訪れたことがあった。質問の段になって、私は手をあげた。「中村さんの中にはヤクザの血が流れているんじゃないですか。ぶれることのない姿勢を見ているとそうとしか思えないんですが……」。内心、ぶしつけな質問かと思ったが、ひげ面の中村さんはニヤッと笑って答えた。「実は私もそう思っているんですよ」。その時の満面の笑顔が消えることのない残像として、私の脳裏に刻まれている。

三池での邂逅《かいこう》に感謝し、生きる勇気を与えてくれたヤクザの末裔の哲さん、ありがとうございました。合掌。

第4章　パンデミックの直撃

映画『パラサイト』とコロナウイルス　〔2020・3・25〕

　2020年アカデミー賞（オスカー）で、作品賞や監督賞など最多4部門を総なめした韓国映画『パラサイト』（ポン・ジュノ監督、2019年公開）のサブタイトルは「半地下の家族」である。コロナ禍の影響で図書館や趣味のイベントが行われる公共施設の閉館が続く中、やもめ暮らしの身にとってはまさに、こうした「コロナ鬱《うつ》」ともいえる〝半地下〟状態からの脱出こそが喫緊《きっきん》の課題だった。幸いとなり町の映画館で、アジア初の快挙を成しとげたこの映画が上映中と知り、さっそく出かけた。観客はマスク姿の数人だけだったが、頭のもやもやがす～っと晴れていく一方で、何やら迷宮にまよい込んだような不思議な気持ちにさせられた。
「パラサイト」とは本来は医学用語で「寄生虫（生物）」を意味し、ウイルスなども含まれる。この映画は韓国の格差社会に焦点を当てた作品で、北朝鮮の攻撃に備え国の政策として建設された「半地下」（つまり防空壕）に住まわざるを得なくなった貧困層の家族が、高台の豪邸に住む富豪一家にあの手この手で〝寄生〟していく様子を悲喜こもごもに描写している。思わぬどんでん返しもあちこちに用意されている。たとえば、豪邸の地下には核攻撃に備えた「シェルター」があり、家人の知らないうちにもう一人の「パラサイト」がそこに住みついていることが発覚する。下へ下へと際限なく落ちていく格差社会の闇の深さにおののいてしまうが、サスペンスやコメディもあり、単なる「告発」映画になっていないところがジュノ監督のすごさである。

そんな想念が突然、時空を飛び越えてあらぬ方向に向かった。敗戦の翌年から半世紀続いた論壇誌『思想の科学』が廃刊されたのは今から24年前。愛読者だった私はそのいきさつを聞くために創刊者のひとりだった評論家の鶴見俊輔さん（故人）に面会を申し出た。あらかたのインタビューが終わった時、鶴見さんが急に話題を変えた。「ところで、すごい漫画を読んだよ。昨日、徹夜をしてな」。当時、大きな反響を呼んでいた漫画『寄生獣』（岩明均作、全10巻、講談社）のことだった。さすが博覧強記《はくらんきょうき》な鶴見さんだと思ったが、私自身は作者もその話題作も知らなかった。さっそく、取り寄せて読んでみた。ガツンと頭を一撃されたようなショックを受けた。

ある日突然、宇宙の彼方から正体不明の生物が地球に集団飛来する。その正体は〝寄生獣〟……鼻や耳などから人間の頭に侵入し、脳全体に〝寄生〟して全身を支配し、超人的な能力で他の人間を捕食するという性質を持っている。こうして、人間を「宿主《しゅくしゅ》」とする寄生獣（パラサイト＝ウイルス）の群団は急速に知識や言葉を獲得し、人間社会に紛れ込んでいく。主人公である高校生の「新一」も一時乗っ取られそうになるが、脳への侵入は辛うじて食い止められる。しかし、右腕への感染を許してしまった人間・新一と寄生獣との壮絶な闘いが続く。「地球環境を汚染する人間は万物の霊長などではなく、地球を食い物にする〝寄生獣〟である」という文節が記憶の奥にかすかに残っている。コロナ危機の包囲網が忘却の彼方にかすんでいた記憶のひとかけらを呼び戻したのだろうか。つぎの瞬間、もうひとつの光景が目の前に浮かんだ。

日本最大の産炭地だった筑豊——。公文書改ざん問題をめぐって、自殺者まで出しながら、口をへの字に曲げてへらへらと薄笑いを浮かべる麻生太郎・財務大臣兼副総理。この人の先代「麻生財閥」が経営していた、〝圧政ヤマ〟として知られた炭鉱長屋の前に長蛇の列ができていた。もう50年近くも前のことである。閉山でヤマを追われた元坑夫たちは食い扶持《ぶち》を支えるための生活保護の支給を待っていた。窓口には前借金を取り立てる暴力団員が待ち構えている。花札に興じる男が声を荒げた。「おれたちが真っ黒くなってスミを掘ったから、麻生は肥え太ったんじゃないのか。保護をもらって何が悪いんじゃ」。

「持てる者」と「持たざる者」——。この両者はいつの時代でも相関関係にある。映画『パラサイト』の貧乏一家も、そして圧政ヤマで搾取され続けた元坑夫たちも「持てる者」に対する、絶望的な〝復讐劇〟を演じたのかもしれない。そう思えてきた。

そしていま、全世界、いや全人類がコロナウイルスの脅威の中で、その生存の基盤さえ奪われかねない瀬戸際に立たされようとしている。世紀末の予感。ひょっとしたら、どこか別な惑星から新たな寄生獣の集団が襲いかかっているのかもしれない。人類との全面戦争を企てるために。「なんて世の中だ、手がふるえる、恐い　命　大切な命、終止府《ママ》」。自死した財務省職員、赤木俊夫さん（享年54歳）の絶命の書が目の前を去来する。地球環境にとっては、人間こそが〝寄生獣〟だという逆説、そして「最後の審判」の到来という悪夢……脈絡のない想念の嵐が頭の中をぐるぐる、回り始めている。

コロナ鬱のなせる大いなる〝妄想〟に、私は憑《と》りつかれているのだろうか。そうかもしれない。しかし、私たちはいま、理非曲直《りひきょくちょく》を見失った「不分明《ふぶんみょう》」の世界を生かされていることだけはまちがいなさそうである。

コロナ神との対話――〝巣ごもり〟やもめのひとり言〈4・5〉

「ミジンコって、漢字では微塵子。チリみたいに吹けば飛ぶようなやつだけど、顕微鏡でのぞいてみると、いのちが透けて見えるんだよな」――。前にも登場願ったジャズミュージシャンで、ミジンコ研究者でもある坂田明さんの言葉をふいに思い出した。30年前、動物行動学者の日高敏隆さん（故人）との共著『ミジンコの都合』（晶文社、1990年）の出版記念会の席上だったと思う。坂田さんはこう続けた。「ミジンコに限らず、せっかくこの地球に生まれたんだから、生きとし生けるものはそれぞれの『都合』で楽しく生きる権利がある。人間の都合だけじゃダメだってこと」。

東日本大震災から10年目を迎えた今年、世界中がコロナ危機の渦中に投げ出されている。「人間に不幸と教訓をもたらすために、ペストがふたたびその鼠どもを呼びさまし、どこかの幸福な都市に彼らを死なせに差し向ける日が来るであろう」――。アルベール・カミュが『ペスト』で予言的に語った「不条理の哲学」が輪郭を伴って、眼前に浮かぶ。この不気味な因果律にめまいを覚える。

「コロナ大戦争」――。いま、人類はこの未知なる「ウイルス」を撃退するための全面戦争に突入したかに見える。人間の都合だけを優先させた「優勝劣敗」思考が相変わらず、支配している。「これじゃ、敵だって、つまりコロナだってたまったもんじゃない。反撃に出るしかないよな」。坂田さんにそそのかされながら「ウイルスの都合」について考えてみると、コロナ鬱《うつ》が少しずつ薄らいできた。たまたま見たNHKEテレの特集「パンデミックが変える世界」（4月4日放映）で、「文明こそが感染症の揺りかごだ」という発言があった。地球規模の環境破壊によって、野生生物の生態系が破壊された結果、行き場を失ったウイルスが「宿主」を人間に求めるようになったのだという。

「やっつけることはできないが、付き合うことはできる」。コロナウイルスに関する情報発信サイトを立ち上げている京都大学IPS細胞研究所長の山中伸弥教授はこう語っていた。当然のことではある。「ウイルスにも生きていく権利があろうというもの。相手の都合にも思いを及ぼさなければ」。こう考えれば、少しは気が楽になる。

緊急事態宣言、オーバーシュート（爆発的な患者増）、クラスター（感染者集団）、ロックダウン（都市封鎖）……。悲鳴や絶叫が絶えることなく、耳奥でこだましている。思わず、耳に栓《せん》をしたくなる。発熱基準の〝デッドライン〟とされる「37・5度」……この数値もしょせんは人間の都合による設定だが、とりあえず朝起きがけに体温計をわきに差し込む。ピッ、ピッー「36・2度」という数値にひとまず安心し、コロナカムイ（私は最近、コロナウイルスをこう呼ぶことにしている）に語りかける。「コロナ神よ、このわしを訪ねる用事がある時には呼び鈴を押すなり、コツコツとノックをしてくれよな。突然の来訪じゃ、こっちもびっくりしてしまうから」。

東日本大震災の際も「価値観の転換」（パラダイムシフト）ということが叫ばれた。「十年一昔」のいま、私たち人類はまるであの災厄がなかったかのように、新たな「未知なる敵」に立ち向かおうとしている。老い先が短い私はせめてもの〝罪滅ぼし〟のため、これからもコロナカムイとの対話を続けていきたいと思っている。「勝つと思うな、思えば負けよ」。かつて、美空ひばりが歌った名曲「柔《やわら》」が突然、聞こえ始めた。そういえば、「鬼神を敬して、これを遠ざく」（「論語」）という諺《ことわざ》もあったよなぁ。「人間はあくまで人間の次元において判断し、行動すること。他方、鬼神には尊崇の念をもちながらも、あくまで人間を超えた存在として扱うこと。この二つを截然《せつぜん》と分かつのが知である」（孔子）――もの の本にはこう解説してあった。

「コロナ」黙示録（その1）――大都会に出没した野生動物たち（4・24）

大地よ／重たかったか／痛かったか
あなたについて／もっと深く気づいて敬って
その重さや／痛みを／知る術《すべ》を／持つべきであった

多くの民が／あなたの／重さや痛みとともに
波に消えて／そして／大地にかえっていった
その痛みに今　私たち残された多くの民が
しっかりと気づき／畏敬の念をもって
手をあわす

路上に寝ころぶアシカの群れ、市街地をかっ歩するピューマ、かと思えばスモッグにくすんでいた山容やビル群の突然の出現……。コロナ禍の影響で地球人口の半分以上に及ぶ約45億人の人影が消えた結果、「コロナ」黙示録とでも呼びたくなるような光景が世界のあちこちで見られるようになった。人間によって、その生息域を奪われた野生動物の〝逆襲〟などとコロナ疲れの頭で考えていたその時、冒頭に掲げた詩文が突然、記憶の底から目を覚ました。旧知のアイヌ詩人で古布絵作家の宇梶静江さん（87）が東日本大震災の7日後に記した「大地よ」（『大地よ！――アイヌの母神、宇梶静江自伝』所収、藤原書店、2020年3月刊）と題する詩である。

「それがねぇ、アイヌは震災で命を亡くした人よりも先に大地の方に気持ちが行ってしまうんだね。ある日本人からそう言われたことがあった。何か皮肉を言われているような感じがして……」。数年前、ふと漏らした言葉を現下のコロナ禍の中で思い出した。実は私自身、全世界がコロナ禍と「闘っている」さ中の4月、「コロナ神との対話」という一文を自身のブログに掲載した。〝共生〟の大切さを訴えるつもりだったが、撃退すべき相手を「神」呼ばわりすることに対する周囲の目を気にしなかったかと言えばやはり、ウソになる。そんな折、宇梶さんの詩に共鳴した哲学者（フランス文学・思想）の鵜飼哲さん（65）の近著に接する機会を得た。たとえば、こんな一節……

「この詩は、災害そのものとどう向き合うのかという根本のところで、今の列島社会で自明視されているある種のヒューマニズムの枠を超過しています。アイヌ民族の自然観には、自然現象もすべて『カムイ』（神）であり、ある意味で人間と相互に交渉可能なものだという考え方があります」（『まつろわぬ者たちの祭り——日本型祝賀資本主義批判』、インパクト出版会、２０２０年4月刊）。

鵜飼本の発行日と私のブログ掲載日は同じだった。単なる偶然とはとても思えない不思議な感覚である。私はアイヌ民族の世界観に言及しながら、その時のブログにこう書いている。「地球規模の環境破壊によって、野生生物の生態系が破壊された結果、行き場を失ったウイルスが「宿主」を人間に求めるようになった。地球せましと徘徊するこのウイルスの神出鬼没ぶりを見ていると、それはまさに「コロナカムイ」と呼ぶにふさわしいとさえ思えてくる」。アイヌ民族にとっての最高神であるクマは「キムンカムイ」(山の神)と呼ばれる。その霊をカムイモシリ(神の国)に送り返す「イオマンテ」(熊の霊送り)の儀式の中にこそ、自然との「共生・共死」の思想が凝縮されている。「コロナ」を敵対視する風潮に抗《あらが》いたい気持が日に日に高まってくる。

(註)宇梶さんのアイヌ人生を映画化した『大地よ　アイヌとして生きる』(金大偉監督)が2023年4月、公開された。

「コロナ」黙示録(その2)——パンデミックと万有引力の法則(4・27)

「共生への道」というサブタイトルに引かれ、『感染症と文明』(岩波書店、2011年)

を取り寄せた。著者は長崎大学熱帯医学研究所教授の山本太郎さん。ページをめくる前にまず、あとがきの記述に目を奪われた。本書の初版発行日は東日本大震災の約3カ月後の2011年6月21日。「3・11」のその日、山本さんは編集担当者との打ち合わせを終え、東京・神田の古本屋に立ち寄った。足元が大きく揺れて書棚から本が音を立てて崩れ落ちた。世界各地で感染症の現場に立ち続けてきた山本さんは震災直後から被災地に入った。ある晴れた日、地震と津波が残した残骸の上にはあくまでも青い空が広がり、目の前の海には渡り鳥が羽を休めていた。あとがきにはこうあった。

「心地よくない妥協の産物だとしても、共生なくして、私たち人類の未来はないと信じている。地球環境に対しても、ヒト以外の生物の所作である感染症に対しても。その上で、人類社会の未来を構想したいと、その時海を眺めながら改めて思った」

まるで現下のコロナ禍を予知するような洞察力と想像力、そして軸足のぶれない思考に思わず、居ずまいを正した。「文明は感染症の『ゆりかご』であった」というテーマに引き込まれながら、読み進むうちに「パンデミックこそが想像と創造のゆりかごではないか」という思いを強くした。山本さんはさりげない形でこんなエピソードを紹介している。
「この時期（17世紀ロンドンのペスト禍の時代）、ケンブリッジのトリニティ・カレッジを卒《お》えたばかりの一人の青年がいた。ペストの流行によって、青年の通っていた大学も何度かの休校を繰り返した。休校中大学を離れて故郷の街ウールスソープに帰った青年は、ぼんやりと日を過ごすうちに微積分法や万有引力の基礎的概念を発見した。青年の名前はアイザック・ニュートンといった」――。のちに、この期間は「創造的休暇」とか「已むを得ざる休暇」とか呼ばれたという。ニュートンが「リンゴが木から落ちる」瞬間を目撃したのは、ペスト禍による休校がもたらした〝偶然〟だったというのである。

コロナ禍の中でいま、世界中が同じような休暇を余儀なくされている。〝巣ごもり〟生活のノウハウが垂れ流されるそんなある日、「ホットケーキにのって空をとぶ」と題した8歳の少女の新聞投書が目にとまった。「新がたコロナウイルスのせいで学校がお休みです。そこでわたしは、新しいあそびを考えました。頭の中でお話を作ることです。この間は『やかまし村』シリーズ（筆者注：スエーデンの作家、アストリッド・リンドグレーンによる童話作品の舞台）のリーサーになりました。ホットケーキにのってスウェーデンの空をとんでみました。ただ一つざんねんなのは、このあそびをしていると、家ぞくには私がぼーっとしているように見えることです。この前も楽しくあそんでいたのにお母さんに『ぐあいでもわるいの?』と言われてしまいました」(4月26日付「朝日新聞」要旨)。私は嬉しくなって、膝を打った。これこそが「創造的休暇」ではないか——。

「人類は、自らの健康や病気に大きな影響を与える環境を、自らの手で改変する能力を手に入れた。それは開けるべきでない「パンドラの箱」だったのだろうか。多くの災厄が詰まっていたパンドラの箱には、最後に「エルピス」と書かれた一欠片《ひとかけら》が残されていたという。古代ギリシャ語でエルピスは「期待」とも「希望」とも訳される。パンドラの箱を巡る解釈は二つある。パンドラの箱は多くの災厄を世界にばら撒いたが、最後には希望が残されたとする説と、希望あるいは期待が残されたために人間は絶望することもできず、希望と共に永遠に苦痛を抱いて生きていかなくてはならなくなったとする説である。パンドラの箱の物語は多分に寓意的であるが、暗示的でもある」(同書)

山本さんが10年前に記したこの呪文のような世界を私たちはいま、生きているのかもしれない。中世のペスト禍がルネサンスのゆりかごであったという逆説のように、そして、コロナウイルスが未来に向かって生きる少女に対して夢の物語を紡ぐよう促しているように、私自身も「コロナ」という来訪神の前でのたうち回るしかない今日この頃である。齢《よわい》80歳にして、このパンデミックに遭遇したのは果たして幸いだったのか、そうではなかったのか……。

クック上陸250年と感染症 〔5・6〕

「隔離（ステイホーム）の時間を利用して、よ〜く考えよう」というイタリア人作家、パオロ・ジョルダーノからけしかけられたせいでもあるまいが、コロナ禍以降、思考があっちに行ったり、こっちに来たりと千々に乱れている。「僕たちはいま、地球規模の病気にかかっている最中であり、パンデミックが僕らの文明をレントゲンにかけているところだ」――。パオロが発したこのメッセージがメディアで注目されている。さっそく一枚の画像が目の前に現れた。登場したのは通称「キャプテン・クック」と呼ばれた英国の海軍士官で海洋研究家のジェームズ・クック（1728〜1779年）である。「クック上陸250年／続く論争」（4月30日付「朝日新聞」）という特集記事が目にとまった。クックは250年前の1770年4月29日、オーストラリアに上陸した。記事にこんな一節があった。「先住民たち（筆者注：アボリジニー）はその後、入植者たちとの衝突や、持ち込まれた病気に苦しんだ。入植前に推計で豪州に75万人いた人口が、1920年代に7万人に激減した。当局は先住民を居留地に入れ、白人社会と隔離した」。コロナ禍の渦中にいなかったら、ひょっとして見過ごしていたかもしれない。

「文明とは感染症の『ゆりかご』であった」——と感染症学者の山本太郎さんが指摘していることはすでに触れた。この言葉通り、クックらヨーロッパ人が旧大陸からもたらした伝染病（ウイルス）は、天然痘や梅毒、インフルエンザ、麻疹《はしか》など多種多様に及んだ。旧大陸から遠く隔絶され、免疫力を持たなかった先住民たちにウイルスは容赦なく襲いかかった。700を超える部族たちが250種類の言語を操っていた伝統文化は消滅の瀬戸際に立たされた。

「コロンブス交換」という言葉がある。1492年のコロンブスによる「新大陸の発見」に伴って、動植物や食物、果ては奴隷を含む東半球と西半球との間の広範な交換を表現する言葉だが、この行為は数々の感染症も新大陸にもたらすことになった。コレラ、インフルエンザ、マラリア、麻疹、ペスト、猩紅熱《しょうこうねつ》、睡眠病（嗜眠性脳炎）、天然痘、結核、腸チフス、黄熱……。たとえば、南米ペルーを中心にして栄えた「インカ帝国」は天然痘の蔓延によって人口の約60～90％を失い、滅亡の大きな引き金になったとされる。それにしても、レントゲンという透視画像ほどふだんは記憶の彼方に隠されてきた歴史を浮き彫りにしてくれる存在はないようである。オーストラリアのあちこちに建つ英雄「クック」像を眺めているうちにネガの背後からもう一つの光景が浮かび上がってきた。

コロナ禍に見舞われているオーストラリアでは現在、家族以外で3人以上が集まることが禁止され、違反すれば罰金や禁固刑が科せられるという警察国家並みの「隔離政策」が断行されている。「隔離」と聞いて、さび付いていたアンテナがピッと反応した。この国ではかつて、アボリジニーなどの先住民の子どもを家族から引き離して強制収容所や孤児院に収容し、優性思想のもとに「同化政策」を強制した負の歴史を背負っている。この政策は1869年から約100年間続けられ、この間、幼い子どもたちは精神的・肉体的な虐待にさらされた。「盗まれた世代」と呼ばれたこの過去の過ちについて、政府が正式に謝罪したのは2008年になってからである。

すでに言及したことであるが、今次のコロナ禍はよく、ギリシャ神話の「パンドラの箱」にたとえられる。何が飛び出してくるか、まったく予想もつかない。しかし、人類に禍《わざわい》をもたらすとされるその箱には「エルピス」という〝希望の女神〟も隠れているらしい。この際、一切合財をチャラにして、その絶望の中からエルピスのひとかけらを求めよ――。私流にいえば、「コロナ神」はそんなことを人類に求めているのかもしれないと思う。

「感染者ゼロ」という〝後ろめたさ〟〈5・9〉

「自県より岩手の数をまず確認」（5月6日付「朝日新聞」）――。愛知県在住の女性の川柳に不意打ちを食らった。新型コロナウイルスの感染が全国唯一の「ゼロ」県に向けられる外部の視線にほとんど、思いが至っていなかったせいかもしれない。本来なら慶賀されてしかるべきなのに、投句者は何か「ゼロ」不信でもお持ちなのだろうか。こっちの方がだんだん、落ち着かなくなってきた。〝感情の宙返り〟みたいな、かつて経験したことがない不思議な感覚である。ひょっとしたら、ある種の〝後ろめたさ〟に似た感覚ではないのか。映画監督の森達也さんの述懐をふと、思い出したのである。

「あのときの重苦しい感覚は、どうにも拭《ぬぐ》いきれない「後ろめたさ」に由来していた。家に閉じこもってテレビが伝える被災地の苛烈で理不尽な状況に吐息をつきながら、時には涙ぐみながら、自分や自分の家族は何の被害も受けていないし、暖かい布団でいつものように眠ることができる現実に混乱した。……でも薄暗いスーパーやコンビニで買い物しながら、奇妙な解放感があったことも事実だ」（4月24日号『週刊金曜日』）――。森さんは東日本大震災で味わったこの後ろめたさの感覚を「サバイバーズ・ギルト」（生き残ったゆえの罪責感）とも表現している。ひと言でいえば、ある意味での「非当事者性」がそう思わせたのかもしれない。「ゼロ県」在住者のひとりとしての私の感覚もこれに近いような気がする。

「ゼロリスク症候群」という言葉がある。「リスク（危機的状況）はゼロでなければならない」という強迫観念や呪縛《じゅばく》を指す際によく使われ、〝過剰反応〟を引き起こす要因のひとつとも指摘される。ひょっとして、「ゼロ県」の岩手、そして我が「イーハトーブはなまき」も無意識のうちにこの症候群の落とし穴にはまり込んでいるのではないのか。医療人類学者の磯野真穂さんは「社会を覆う『正しさ』」（5月8日付「朝日新聞」）と題する論考の中で、こう述べている（要旨）。

「私たちの社会はいつのまにか、『絶対に感染しては、させてはいけない』という感覚に基づいて振る舞うことこそが、道徳になってしまった。感染リスクを限りなくゼロに近づけることが、一人ひとりに課される至上命令になり、他の大きな問題を生み出しています。（…）」

「差別、中傷、バッシングです。自治体が『自粛要請』に従わないパチンコ店を公表すると、抗議や脅迫が殺到する事態になりました。（…）これは現代の『村八分』でしょう。他県ナンバーの車に対して石を投げたり、いたずらしたり、といったことも出てきています」

「やっかいなのは、感染リスクを下げることだけを目的にすれば、感染リスクの高い人や集団には近づかない、そういう人たちを遠ざけるといったことは、あながち『誤り』ではなく、『正しい』ことになる。（…）」

「『感染リスクをゼロにするべきだ』という正しさは、強い排除の力を生み出します。社会の『周辺』にいる人に対して特に強い力が働く。リスクはゼロか1ではいえないのに、『安全な人や集団』と『危険な人や集団』を分けてしまう。パチンコ店のケースは確かに行政主導の『発表』でしたが、個々人が普段から抱く秩序を乱す者を排除したいという感覚が、排除に拍車をかけたように見えます」

「非当事者性」から「当事者性」へ――。つまり、今回のコロナ禍はその災厄が同時多発的にしかも平等に人類に降りかかるという意味ではまさに「自分事」の身の不幸と言えばいえる。「したたかで厄介な」この未知のウイルスはそのことを私たちに教えているのではないのか。何事も「他人事」では済まされないということを……。人類はいま、「パラダイムシフト」の時代に立たされている。

（5・17）

『ペスト』（デフォー）から『ペスト』（カミュ）へ

「ある種の監禁状態を他のある種のそれによって表現することは、何であれ実際に存在するあるものを、存在しないあるものによって表現することと同じくらいに、理にかなったことである」――。前出のアルベール・カミュの代表作『ペスト』（宮崎嶺雄訳、創元社、1950年）のエピグラフにはこんな謎めいた言葉が置かれている。無人島の漂着者を描いた『ロビンソン・クルーソー』の著者と知られるダニエル・デフォーが残した言葉である。カミュに先立つこと200年以上前、デフォーも同名の作品（平井正穂訳、中央公論社、1973年）を発表している。「ペスト」のような目に見えない脅威は人と人を引き離し、監禁状態に陥れる……このエピグラフはそんなことを語っているのだろうか。

いまから355年前の1665年、英・ロンドンはペスト禍の猛威に見舞われ、人口の4分の1に当たる7万5000人が死亡した。当時5歳だったデフォーは長じるに及んで、「死亡週報」や生存者の証言を集め、ノンフィクションとも呼べる手法で作品を仕上げた。疫病におびえるロンドン市民とロビンソン・クルーソーに共通するキーワードは「監禁」である。当時の阿鼻叫喚《あびきょうかん》の光景はまるで、もう一枚の透視画像（レントゲン）のように目の前のコロナ禍を浮き彫りにしている。「悪疫（ペスト）流行に関するロンドン市長ならびに市参事会の布告」――発生と同時に出されたこの布告（要旨）にはたとえば、こんな記述がある。

「すべての芝居、熊攻め、賭博、歌舞音曲、剣術試合、その他の雑踏を招くような催物は一切これを禁止する。すべての饗宴、とくに当ロンドン市の商業組合の宴会、料亭、居酒屋その他の飲食店における酒宴を、追って別命あるまでいっさい厳禁する。料亭、居酒屋、コーヒー店、酒蔵における過度の痛飲は、当代の悪弊であるとともにまた実に悪疫伝播の一大原因であるから、厳重に取り締まる必要がある」――。現下の「緊急事態宣言」そのものである。そして、デフォーはそんな狭間《はざま》から聞こえてくる悲鳴もきちんと、拾っている。

「じゃどうしたらいいんです？　わたしは飢え死にするわけにはいかんですからな。食う物がなくて死ぬくらいなら、疫病（ペスト）にかかって死んだ方がましだと思っているんです。仕事がなければ、何をやればよいというのです？（感染の危険の多い）こういったことでもしなければ、乞食をするだけじゃないですか」――。デフォーの祖国・イギリスはコロナ禍による死者が3万人をはるかに超えてアメリカに次いで2番目、欧州では最悪を記録している。そんな中、「ロックダウン」（都市封鎖）の段階的な解除にも踏み切った。

「ペスト」終息に歓喜する当時の市民の様子を、デフォーはこう描写している。「どの顔にもあるひそかな驚きと喜びの微笑がただよっていた。街頭に躍り出て互いに手を握りあって喜びあった。そのさまは、これがつい先ほどまでは、道を歩いていても互いに同じ側を歩かないように、つとめて避けていた人たちとも思えないほどであった」。こう書いた後で、皮肉まじりに続けている。「それは以前、彼らが悲しみのあまり、演じた狂態にも劣らないものであった。それについていくらでも例をあげて示すことができるが、せっかくの彼らの喜びにけちをつけたくはないのでよすことにする」

「忘却とは忘れ去ることなり」――。もはや老残の記憶になってしまった感があるが、ふいに70年近く前のNHKラジオドラマ『君の名は』の有名な冒頭のナレーションが頭によみがえった。「忘れる」ことへの罪悪感をこのセリフは続けてこう表現している。「忘れ得ずして忘却を誓う心の悲しさよ」。中世ヨーロッパのペスト禍が後世に残した遺訓「メメント・モリ」（死を忘るなかれ）と根っこは同じである。

（註）「コロナ」終息の光景がデフォーの描写に違和感なく、重なり合うような気がする。この解

放感に「けち」をつけたら、それこそバッシングの嵐が飛んでくるような……。

身ぐるみはがされ、すっぽんぽん　〔5・20〕

「しばらくは　離れて暮らす『コ』と『ロ』と『ナ』　つぎ逢ふ時は『君』といふ字に」（5月11日付「朝日新聞」）――。この短歌に思わず、うなってしまった。「君」という漢字を何度か、なぞってみた。「コ」と「ロ」と「ナ」を組み合わせた結果、「君」という合成語が目の前に姿を現わした。大阪在住の会社員、タナカサダユキさん（56）が大切な人と会えないつらさと未来への希望をこの短歌に託した。「人のふり見て、我がふり直せ」……人類を恐怖のどん底に突き落とした「コロナ神」はひょっとしたら、素知らぬ顔をしてそんなメッセージを発しているのかも。若干、品性にかけるが、なんかもう地球儀のストリップショーを見るみたい。「すっぽんぽん」が満載の新聞が、だからいま面白い。

東日本大震災の月命日に当たる「5月11日」は本来なら、犠牲者の追悼や復興の進み具合に紙面の多くが割かれるのが恒例だったが、今年は当然のことながら「コロナ」一色。

とりあえず、同日付の朝日新聞の見出しを一面から拾い出してみると――

●中国式の「目」10億人追う／コロナ禍、デジタル覇権の影
●吹奏楽コンなど3大会中止
●ワクチン、いつできる？／「時期は見通しにくい」
●世界の感染400万人超
●「新冷戦」コロナが浮き彫り
●バッタ対策コロナが阻む／アフリカ東部国連「2千万人が食糧危機」
●感染対策に「追跡」技術／難しい個人情報の排除
●東京五輪延期／アスリートのメンタルは
●感染拡大、サッカー選手の心に影
●おうちごはん、もっと楽に（巣ごもり食事の指南）
●オンラインで一緒に成長／花まる先生（筆者注：一斉休校の打開策）
●小松左京、現実が後追い／感染症との闘いリアル
●できることから始めましょう！お家でおなかの脂肪対策（筆者注：外出自粛に伴う

製薬会社の広告）
●「歩合制」タクシー運転手大打撃
●感染警戒、離島の医療綱渡り／唯一の診療所、医師１人だけ

ざっと、こんな具合でタナカさんの短歌は26面で発見。途中で広告欄に目を移すとこんなものも。「山岳信仰の聖地、出羽三山ツアー／自然と信仰が息づく生まれ変わりの旅」。全28面に目を通し終わって、ハタと心づいた。「３・11」関連はゼロではないか。「それにしてもまさか」と紙面を繰り直した結果、あった。21面の岩手版のコラム「３・11／その時 そして」。なんと、この日の記事が通算で３２２５回目だった。古巣の新聞社が頑張っているのを知り、ほっと胸をなでおろした。

「去るも地獄、残るも地獄」――。東日本大震災のあの時、放射能禍を逃れる人々の群れが列島全体に散った。そしていま、「ステイホーム」という名の外出自粛が強いられている。放射能（避難）とウイルス（隔離）――もしかしたら、今次のコロナ禍はこの二つの進化論だけにしか目を向けてこなかった「文明」の落とし子、〝文明禍〟と言ってもいいかもしれない。

コロナ禍と「非常の時」の危うさ 〈5・23〉

「コロナ大戦争」——。国家や民族、宗教などの対立がきっかけとなった従来の「戦争」がとりあえず終わりを告げ、人類はいま共通の敵である未知なるウイルスとの間で〝戦闘状態〟にあるというのが一般的な認識である。とすれば、旧来型とは違った戦法・戦術が出てくるのは当然である。相変わらず、大国間での責任のなすり合いはあるものの、そんなことにかまっていては、全地球の滅亡さえ招きかねない。人類はどこに向かおうとしているのか——。

「非常の時、人安きをすてて人を救ふは難きかな／非常の時、人危きを冒して人を護《まも》るは貴いかな／非常の時、身の安きと危きと両《ふた》つながら忘じてただ為すべきを為すは美しいかな」——。彫刻家で詩人の高村光太郎（1883〜1956年）は戦中・戦後にかけて当地花巻に疎開し、敗戦5日前の8月10日、48人が犠牲になった空襲に遭遇した。負傷者の救護に当たった医師や看護学生の勇気をたたえたのが、この詩「非常の時」である。毎年5月15日、花巻高等看護専門学校の生徒たちによって朗読されるのが恒例となっていたが、今年はコロナ禍の影響で中止された。一方でこの詩に触発され、手作りマスクにその一節を添えるなど共感の輪が広がりつつある。

作家の真山仁さんは「コロナと正義」というタイトルでこう書いている。

「自粛要請があっても、ルールを守りながらギリギリの中で営業を続ける人は「非国民」とでも言うのだろうか。戦前の隣組の密告というのは、こんな雰囲気だったのだろうか、と思ってしまった。なぜ、こんなに「正しさ」に縛られてしまうのだろうか。「悪い人」が見つかる方が、安心するからなのかも知れない。しかし、残念ながら、新型コロナウイルス感染に悪者はいない」（5月16日付「朝日新聞」）――。その通りだと思う。旧来の戦争は「勝者」と「敗者」を生み出して決着するのが常だった。しかし、今回のコロナ大戦争の〝敵〟は目には見えない。それどころか、その神出鬼没ぶりは闘う側の自陣を混乱の極におとしいれる。

たとえば、「非常の時」に共感するのは例外なく「善意」に満ちた人たちであろう。しかし、私たちはこの善意が突然、「正義」に変貌する瞬間もすでに目撃している。私自身、そんなおのれの危うさにうろたえてしまう。「被害」と「加害」の内なる同居……誰しもがウイルスに感染する可能性を持っているというこの二重性こそが「コロナとの闘い」の宿命的な難しさである。

「コロナの時代の新たな日常を取り戻していく。今日はその本格的なスタートの日だ」――。安倍首相は緊急事態宣言の一部解除を発表した今月14日、こう胸を張った。真山さんは怒りをにじませながら、同じ紙面に書いている。「(…)馬鹿馬鹿しい提案だろう。なぜなら、今は異常事態で非日常のまっただ中なのに、これを「新たな日常」などと言うなんて。(…)首相は生活ルールの細部にまで言及した。それによってまたひとつ、新しい「正しさ」が生まれてしまった気がする。(…)我々はいま、新型ウイルスより恐ろしい「正義」という伝染病に立ち向かう勇気を持つべきなのだ」。

「新しい生活様式」――新旧ストレスの狭間《はざま》にて〔5・25〕

「外出時、屋内にいるときや会話をするときは、症状がなくてもマスクを着用。歌や応援は、十分な距離かオンライン」――。5月4日に公表された「新しい生活様式」の実践例を見て一瞬、虚を突かれた。男やもめの〝巣ごもり〟生活でたまったストレスを解消しようとシニアの合唱団に参加したのもつかの間、コロナ禍で会場の公共施設が閉鎖されたため、「ステイホーム」なる新手の巣ごもりを強いられてもう、3カ月近くになる。本日（5月25日）の緊急事態宣言の全面解除で、再開の見通しはついたものの、どうも気持ちがすっきりしない。たとえば、マスク姿で歌をうたうという奇怪なスタイルにどうにも想像力がついていけないのである。「合唱」という人類古来の表現方法は生き残れるのか……。

「「学校再開ガイドライン」を踏まえ、また「新しい生活様式」を心掛けても、コンクールでの集団による合唱は、十分な間隔をあけたり近距離での発声を避けたりすることに限界がある。主催者としてやむを得ない苦渋の判断」――。NHKは11月に予定していた小中高にまたがる全国最大規模の合唱祭（Nコン）の中止を決めた。太平洋戦争中の2回を除いて、約90年ぶりのことである。全日本合唱連盟などが主催する全日本合唱コンクール全国大会も１９４８年以来、初めての中止に追い込まれた。

妄想が際限なく、広がる。多い場合は1万人から数千、数百人が集う年末恒例の「歓喜の歌」（ベートーベン「第９」）の大合唱は一体、どうなるのだろう。そして、紅白は？「歌う」という所作は人類のコミュニケーションの原初形態と言われる。今後も続くであろう「三密」防止という作法は想定外のライフスタイルを生み出しそうな気配である。〝人間〟喪失の現実味……。

気持ちが晴れない日々が続く中、長引く巣ごもり生活によるコロナ鬱《うつ》や経済的な困窮に伴う「コロナ」自殺が急増するのではないかと勝手に思い込んでいた。ところが、厚労省などの調査で4月の自殺数が前年同月比で３５９人少ない１４５５人に止まり、最近5年間では最大の縮小幅であることがわかった。今後の動きは未知数だが、とりあえずはホッと胸をなでおろした。

この〝ナゾ〟について、ある分析はこう書いている。

「皮肉なことに、ウイルスがそれらを回避するための迂回路をつくったといえるかもしれない。ステイホームが求められる状況下において、好きな職場、好きな学校に行けず、楽しい時間を過ごせず、好きな人と会えなくて、それこそ死ぬほどにつらい思いをしている人が大勢いる。しかしその一方で、嫌いな職場、嫌いな学校に行かず、苦手な人、嫌いな人に会わずに済んでいることで、心から胸をなでおろしている人もいる。不謹慎であることは承知しつつも、できれば緊急事態宣言が終わってほしくない――心中ではそう願ってやまない人も、この記事の読者の中にはきっといるはずだ」

（『現代ビジネス』5月24日付電子版）

「できる限り後方の座席に座るよう求める」（バス）、「テーブルを仕切ったり、2メートル（最低1メートル）以上の間隔を空けたりする」（飲食店）、「お酌や杯の回し飲みは控える。鍋や刺身は1人盛りに」（旅館）、「余興は大声を避け、列席者と十分な間隔を保つ。スナップ撮影は密にならないポーズで」（結婚式場など）、「立ち読み自粛の呼びかけ」（書店）、「小声でも聞こえるよう、遊技機や店内音楽の音量を最小限に」（パチンコ店）、「マージャン卓からイスを離し、対人距離を確保。3時間ごとに牌《はい》や点棒を交換や消毒」（マージャン店）

……。経団連や各業界団体はこんな感染防止策の指針をまとめた。その場面にわが身を置いてみる。もうひとつの「ストレス」が襲いかかってきた。

「旧型ストレス」から「新型ストレス」へ——。出社や登校拒否に悩んでいた人たちがいっときのステイホームによって、こころ休まる「安寧《あんねい》」のひと時を得たのはその通りだと思う。そういえば、絵本作家の五味太郎さんもこう語っていた。「それじゃ、逆に聞くけど、コロナの前は安定してた？　居心地はよかった？　普段から感じてる不安が、コロナ問題に移行しているだけじゃないかな。こういう時、いつも「早く元に戻ればいい」って言われがちだけど、じゃあその元は本当に充実してたの？　と問うてみたい」（5月5日付「朝日新聞」）

ところで、〝出口戦略〟とやらの緊急事態宣言の解除によって、「歓喜」の瞬間を手にした側に希望の光は差し込むのであろうか。いや、このウイルスはもうすでに別種のストレスを与えようと虎視眈々《こしたんたん》と待ち構えているような気がしてならない。カミュの不気味な予言がまた頭を去来する。「コロナ神」は日常生活の所作の変更などではなく、「人新世《じんしんせい》」がこの地球上に刻んできた無残な痕跡の数々を顧みることの大切さを教えているのかもしれない。

コロナ禍の文学――「最後の自粛」という想像力〔5・28〕

「これから、新しい時代が始まります。世界は、そこで生きていく価値のあるものに変わります。今しがた抑圧者の多くを片付けました」――。2021年7月23日、「新型コロナウイルスによる災禍からの復興」をテーマにした東京五輪は主催者側のこんなあいさつで幕を開けた。国立競技場のステージには〝自粛〟された各国首脳の無残な死が転がっていた。コロナ禍を文学はどう表現するのか……東日本大震災の際の『想像ラジオ』（いとうせいこう、河出書房新社、2013年）がそうであったように、今回のパンデミックをリアルタイムで描写する手法は当面、文学という「想像力」に頼るしかない。冒頭のセリフは「コロナ禍の時代の表現」を特集した総合文芸誌『新潮』（6月号）に収録された作家、鴻池留衣さん（33）の長編「最後の自粛」の一節である。

「地球温暖化研究会」を名乗る男子校の愛好会が物語の主人公である。共学化を迫る外部団体への反発から、運動が先鋭化していく。そして、高校生たちは現下のコロナ禍に遭遇する。話の筋道にはいろんな仕掛けが施されているが、「正義」に対する反逆の物語として読み解くこともできる。つまり、「自粛」を要請する側を他動詞的に〝自粛する〟という意味合いにおいて……。同調圧力が働くいまこそ、「表現の自由」の出番である。たとえば、文中にはこんな過激な会話が並ぶ。

「だって、まるでコロナウイルスが登場するまで、世界には死など存在しなかったかのような物言いじゃないですか。（…）今まであいつらは命がけで生きてこなかったのでしょう。人間が常に死と隣り合わせであることを知らなかったのでしょう。（…）あいつらにしてみれば、俺たちの人権などどうでもいいのでしょう。ならばこちらも、あちらの人権などどうでもいい。そうだ、社会実験だ。彼ら抑圧者にはこれから、生きるのを自粛してもらいます。人間には様々な死に方があるのだと、教えてあげます。あいつらがそれを、心底理解した暁には、今更パニクるのも馬鹿らしくなり、俺たちの自由を侵害することもなくなるのではないでしょうか」

私の脳裏には既視感のある自粛の光景として、31年前の昭和天皇の崩御《ほうぎょ》に伴う〝自粛ムード〟と東日本大震災後のそれが刻まれている。前者は「喪《も》に服す」というある種、伝統的な身の処し方として受け入れられ、後者は犠牲者の死を悼《いた》み、被災者に寄り添うという形での慎み深さを促した。ところが、今回は根本が違う。人類全体が否応なしに「死」に直面させられているという「当事者性」ゆえかもしれない。「命か経済か」——という二者択一が許されないというジレンマ、つまり〝感染死〟も〝経済死〟も同時に防がなければならないという命題を突きつけられているということなのだろう。

文中にこんなくだりがある。「その後計画的に上級抑圧者を自粛し始めた。そこには政治家、知識人、裁判官、中央省庁の官僚などが含まれており、初期のリストアップにおける彼らの共通点が何だったのかと言えば、他人に対して無責任に自粛を求めたことである」——。そして、「最後の自粛」は1年間延期されていた東京五輪のその日に実行に移される。この日を待ちわびていた一人がつぶやく。「新型コロナウイルスのパンデミックの影で、何か別の非常に重大な危機に人類は晒《さら》されているのではないかという指摘をしてくれる人もいたのだ」と……。

〝正義の大合唱〟が抱え持つ、もうひとつの負の側面を肝に銘じておきたい。えてして、その落とし穴にはまりこむのは（かつて、私がそう命名した）「善意の人」族と呼ばれる集団であることも歴史は教えている。そういえば、日中戦争時に国家総動員法成立の後押しをしたのが、革新を標榜する社会大衆党だったことを、ふと思い出した。コロナパンデミックは装いを新たにした〝国家総動員法〟を産み落としつつあるのかもしれない。

コロナ神からの贈り物――私は10万円でこんな本を買いました　〔6・3〕

特別定額給付金（10万円）の使い道について、あれこれ考えた。齢《よわい》80歳にして、いまさら「新しい生活様式」でもあるまい。だったらいっそのこと、残り少ない人生をコロナ神との対話に費やすのも一興ではないか。「コロナよ、お前さんはなぜ、いまごろになって、我われの前に突然、姿を現わしたのかい」。というわけで、勢いその関係の本が多くなった。残余金はまだある。どんな本が届くのか、これからも楽しみである。以下、6月3日現在のコロナ神から贈呈本一覧～

- 『まつろわぬ者たちの祭り――日本型祝祭資本主義批判』（鵜飼哲著、インパクト出版会、2020年）

●『郷愁――みちのくの西行』（工藤正廣、未知谷、2020年）
●『方丈記私記』（堀田善衛、筑摩書房、1971年）
●『ペスト大流行――ヨーロッパ中世の崩壊』（村上陽一郎、岩波書店、1983年）
●『病魔という悪の物語――チフスのメアリー』（金森修、筑摩書房、2006年）
●『感染症と文明――共生への道』（山本太郎、岩波新書、2011年）
●『ゼロリスク社会の罠――「怖い」が判断を狂わせる』（佐藤健太郎、光文社、2012年）
●『21 Lessons――21世紀の人類のための21の思考』（ユヴァル・ノア・ハラリ／柴田裕之訳、河出書房新社、2019年）
●『モンテレッジォ――小さな村の旅する本屋の物語』（内田洋子、方丈社、2018年）
●『コロナ禍の時代の表現』（『新潮』2020年・6月号）
●『ペスト』（ダニエル・デフォー／平井正穂訳）
●『大地よ！――アイヌの母神、宇梶静江自伝』（宇梶静江著）
●『コロナの時代の僕ら』（パオロ・ジョルダーノ著／飯田亮介訳、早川書房、2020年）
●『人は、なぜ他人を許せないのか？』（中野信子、アスコム、2020年）
●『カタストロフ前夜――パリで3・11を経験すること』（関口涼子、明石書店、2020年）

・『サル化する世界』（内田樹、文藝春秋、2020年）
・『感染パンデミック――新型コロナウイルスから考える』（『現代思想』2020年5月号）
・『幻化』（梅崎春生、新潮社、1965年）
・『山海記』（佐伯一麦、講談社、2019年）
・『アイヌと神々の物語――炉端で聞いたウウェペケレ』（萱野茂、山と溪谷社、2020年）
・『生物と無生物のあいだ』（福岡伸一、講談社、2007年）
・『呪文』（星野智幸、河出書房新社、2015年）
・『思想としての〈新型コロナウイルス禍〉』（河出書房新社編、2020年）

「生」と「死」との隔離――コロナ禍の葬送　〔6・6〕

防護服に身を固めた葬祭業者にオンライン葬儀、ドライブスルー焼香……。本来は隣り合わせだったはずの「生」と「死」の風景がコロナ禍の中で一変しつつある。タレントの志村けんさんの親族が遺体との対面さえかなわなかった出来事があまりにも鮮烈すぎる。戦死や海難事故死、「3・11」のような行方不明死などによって、〝いまわの際《きわ》〟に立ち会えない不幸は人生にとっては避けられない宿命であるが、今回は目の前の亡き人との最期の別れさえできないという、かつて経験したことのない「葬送」の風景である。生と死との最後の橋渡しをする〝納棺師〟の言葉がよみがえってくる。人間実存の根底から、それは聞こえてくるような気がする。

「私が初めて湯灌・納棺を始めた昭和四十年の初期には、まだ自宅死亡が五割以上もあって、山麓の農家などへ行くと、枯れ枝のような死体によく出会った。肌色も柿の木の枯れ枝のように黒ずんでいた。そんな遺骸《いがい》が、暗い奥の仏壇の間に、くの字となって横たわっていた。（…）そんな農村での老人の死体は、遺骸という言葉がぴったりで、なんとなく蝉の抜け殻のような乾いたイメージがあった」『納棺夫日記』（増補改訂版、文春文庫、1996年）――。作家で詩人の青木新門さん（83）は葬祭業を営んでいた当時を回顧して、こう書いている。「大往生」という見事な死に際が目に浮かんでくる。

（註）青木さんは2022年8月6日、85歳で病没した。

日本映画で初めて、第81回アカデミー賞外国語映画賞を受賞した『おくりびと』（滝田洋二郎監督、2008年公開）は青木さんの同書を下敷きにした作品である。生から死へと向かう瞬間の営みが納棺師の手を経ておごそかに行われる。一生を終えた「人生」の最後に立ち会う、「生者」と「死者」との間に通い合う何とも言えない神々しさを描いた傑作である。何度かお会いし、宮沢賢治が「眼にて云う」という詩に託した死生観（臨死体験）について伺ったことがある。こんな言葉がまだ、頭の片隅にこびりついている。「毎日毎日、死者ばかり見ていると、死者は静かで美しく見えてくる。死者の顔はほとんどが安らかな顔をしている。死と対峙して、死と徹底的に戦い、最後に生と死が和解するその瞬間に、（賢治が体験した）あの不思議な光景に出会うのではないか」。

「触れたい、添い寝したい、話したい」――。〝復元納棺師〟の笹原留似子さん（48）は「3・11」の時、こんな遺族たちの願いをかなえようと遺体と向き合っていた。損傷した亡骸《なきがら》を〝生き返らせる〟のが仕事である。遺体に少しずつ、笑みが戻ってくる。その口元にそっと、紅をさす。遺族のもとに返した数は数百人にのぼる。

「震災は、日本の人々の、死との向き合い方を変えたのではないかといわれています。では、死とはどのように向き合っていくべきなのか。（…）死とは何か。死の現場では、何が起きているのか。見送る現場で、わたしは何を感じ、伝えてきたのか」――。笹原さんは死の最前線での稀有《けう》な体験をつづった自著『おもかげ復元師』（ポプラ社、2012年）の中にこう記している。

笹原さんが寄り添い続けたその「死」がいま、どんどん遠のいていく。故人の最後の「おもかげ」さえも記憶することができないような時代の幕開け。「生」と「死」とが隔離される〝新しい日常〟を私たちはどう生きて行ったらいいのか、「人はなぜ生まれ、なぜ死ぬのか」――を問いかける、これはまさに哲学的な命題なのかもしれない。

「新しい日常」から〝ニューノーマル〟へ（6・9）

ステイホームやソーシャルディスタンス、リモートワーク、テイクアウト、エッセンシャルワーカー、アフターコロナにウイズコロナ、ついでに言えばオン飲み（オンライン飲み会）にアベノマスク……。いま、巷《ちまた》にはまさにパンデミック（大流行）並みのカタカナ語が氾濫している。最近では「新しい日常」が「ニューノーマル」（新常態）などと翻訳されて、ひとり歩きし始めた。感染症予防のための「新しい生活様式」が気が付いてみれば、〝体制用語〟に変換されているという危うさ。そう、歴史はそうやって繰り返されてきた。

満5歳で敗戦を迎えた私にとっての〝ニューノーマル〟は「戦後民主主義」だった。父親を戦地で失った悲しみをいやすことができたのも、これまで感じたことのなかった時代の風だった。「Hey Come On」――。チューインガム欲しさに占領米兵が運転するジープを追い回すのが、当時の子どもたちの新しい生活様式のひとつだった。これまで嗅《か》いだことのない不思議なにおいだった。B29の砲弾に追われ、防空壕に身をひそめる日々からの「解放」をかみしめたのは実はこの「アメリカのにおい」だった。あれから75年――戦後民主主義が後期高齢期を迎え、足腰がヨタヨタし始めたちょうどそんな時、コロナパンデミックが襲いかかった。

「60年安保世代」――。物心がついた大学生時代、私たちはこんな呼ばれ方をした。当時、アメリカへの従属をより強めるための「日米安全保障条約」の改定をめぐる政治交渉が緊迫の度を加えていた。こうした動きに警戒を強める労働者や学生たちが国会を包囲した。皮肉なことにこの時のエネルギーの源《みなもと》こそが全身に浴びるように注がれた「戦後民主主義」の洗礼だった。改定を強行した当時の岸信介首相は責任を取って辞任したが、高度経済成長を満喫したのもつかの間、その後はバブル崩壊や「失われた20年」に見舞われて現在に至っている。そしていま、過去に経験したことがない未曾有の危機の陣頭指揮をとるのが、岸元首相の孫にあたる現安倍晋三首相である。これもまた、もうひとつの歴史の皮肉である。

「大人も初《はじ》めてのピンチにどうすればよいかわからず、なやんでいます。みなさんは歴《れき》史《し》の当事者《とうじしゃ》です」——。群馬県内の教師が新一年生にこう呼びかけたという新聞記事を目にした。自らの「思考停止」状態を正直に告白するこの教師の誠実さに好感を持った。いまの私も視点の定まらない五里霧中をさ迷い歩いているからである。

「Normal」(正常)は時として、「Abnormal」(異常)を際立させるという逆説をあわせ持っている。たとえば、耳目をそばだてれば「緊急事態宣言」発令の背後から憲法改正の〝底意〟が立ち上がってくる気配が感じられる。「戦争」から「平和」へ……戦後民主主義の〝揺りかご〟に揺られて育った私たちの世代は、こうした危機に乗じた時代の変調にはことさら敏感になってしまう。「コロナ世代」という言葉を最近、耳にするようになった。ウイルスと共存する「新しい文明」を創造できるのはコロナの申し子である、この世代を抜きにしてはあり得ない。〝ニューノーマル〟のいかがわしさを嗅《か》ぎとる嗅覚がいま、求められている。私にとってのそれが「アメリカのにおい」だったように……。

『ベニスに死す』――〝思考停止〟から抜け出すための処方箋（6・12）

コロナ禍がもたらした自粛ムードや同調圧力が強まる中、こうした風潮に異議申し立てをする〝言論〟が影を潜めつつある。こんな時にこそ、出番が期待される作家の辺見庸さん（75）の肉声を久しぶりに聞いた。NHKEテレ（6月7日放映「こころの時代――緊急事態宣言の日々に」）に登場した、歯に衣着せぬ〝毒舌〟は相変わらず健在だった。「カオス（混沌）のいまこそ、言葉の復権を」――聖書から映画、東西の知性を動員した洞察は鋭利な刃物で時代の闇を切り裂く凄みさえ感じさせた。しかし、私はむしろその背後に漂う静かな「死生観」に引き寄せられた。辺見さんはある映画を引き合いに出しながら、生と死を語った。

『ベニスに死す』（ルキノ・ヴィスコンティ監督、1971年公開）——。ドイツの文豪、トーマス・マン（1875〜1955年）の名作を映画化したこの作品の舞台は20世紀初めのイタリア有数の観光都市・ベニス。感染症（コレラ）が蔓延するこの地を初老の音楽家が避暑に訪れる。コレラ禍のうわさが広がるそんなある日、神のごとき美少年に出会う。体調がすぐれない一方で、少年に対する思いは逆に高まっていく。主人公はまるでストーカーみたいに少年の後を追い続け、死の影が忍び寄る街をさまよい歩く。やがて、病魔に侵され、少年の姿をまぶたに焼けつけながら、死んでいく。BGMは「エリーゼのために」。結局は実ることはなかったが、ベートーベンが心を寄せた若き貴婦人に捧げた曲だと言われる。

「（疫病下での）滅びゆく者の美しさ。風景全体をある種の美として描き切ったのが面白い」と辺見さんはポツリと言い、こう続けた。「あの風景の中には〝人類はこうあるべき〟とは違う、まったく〝わたし〟的な生き方がある」——。東日本大震災の際もそうだったが、いつの時代でも大災厄は個々の人間存在の根源そのものを問うてきた。今回、この名画を見直してつくづくそう思った。「ニューノーマル」（新常態）という奇怪な〝現象〟は私にとっては、生と死を無化する陽炎《かげろう》ように見えてしかたがない。

ヒグマを叱る――野生動物とのソーシャルディスタンス〈6・15〉

「こらっ、この野郎」――。襲いかかって来るかと思いきや、目の前に現れたヒグマは人間が発する大声に身をひるがえし、静かに森の中に消えていった。ユネスコの世界自然遺産に登録されている北海道・知床半島で、人とヒグマが〝共生〟してきた36年間の貴重なドキュメンタリー番組「ヒグマを叱る男」（NHKBS1スペシャル、6月7日放映）を見ながら、「ソーシャルディスタンス」（社会的距離）の原型がここにあるのではないかと思った。

約500頭の野生のヒグマが生息し、4000種以上の生物多様性に恵まれる知床半島は2005年にユネスコへの登録が決まった。その突端に近いオホーツク海側に「ルシャ」という集落がある。アイヌ語で「浜へ降りる道」という意味である。集落とはいってもサケマス漁の時に基地となる「番屋」に漁師が仮住まいするだけ。青森出身の大瀬初三郎さん（84）がここを拠点にしたのは23歳の時である。一帯には約60頭が棲《す》みついている。昼夜を問わずに番屋のまわりに出没した。ハンターに駆除を頼んだが、「命を奪った」ことに後味の悪さを感じた。ある時、大型のヒグマが背後から近づいてきた。無意識のうちに「こらっ」と怒鳴った。くるりと背を向け、去っていった。大瀬さんとヒグマとの不思議な〝交流〟がこの時から始まった。

「クマの目をじろっとにらんで、にらめっこ負けしないこと。腹の底から大声を出し、勇気をふるって足を前に一歩、踏み出す。クマは強い者勝ちだから、クマより俺の方が強いという暗示を与えておかなければだめ。そして、絶対に餌を与えないこと。一回与えたらいつでも貰えると思うようになる。つまり、あんまり親しくしないことが肝心なのさ。ルシャで襲われた者はひとりもいない」――。大瀬流の「叱る」極意はある意味で、ヒグマとの会話から生まれたものなのかもしれない。

ある年、サケマス漁が例年になく不漁に見舞われ、好物にあり付けないで餓死するヒグマが相次いだ。世界一の生息地と言われるルシャでは2年続きの不漁で少なくとも9頭の飢え死にが確認された。栄養失調死した子グマの体をなめ続けていた母グマがやがて、我が子を置き去りにして立ち去った。「非情な顔を見せつける大自然。これも自然界の掟さ」と大瀬さん。海岸に流れ着いたイルカの死骸をロープでつなぎとめる大瀬さんの姿が映し出された。飢えたクマたちがむさぼるように食らいついた。「いっぱい、食ったな」と大瀬さんはうれしそうな表情でその光景をじっと、見守った。命をつないだという安ど感があふれているようだった。

番屋の屋根にアイヌのエカシ（長老）像が飾ってあった。ふと、クマを殺す側の世界観に考えをめぐらしてみた。アイヌ民族にとって、ヒグマは頂点に君臨する最高神で「キムンカムイ」（山の神）と呼ばれる。この神は黒い毛皮で正装し、お土産に肉や胆《い》を携えて人間の国に遊びにやって来る。アイヌの人たちはそう信じてきた。だから、クマ猟は「（カムイを）お迎えに行く」ということになる。すでに述べたように、射止めたクマの霊を神の国に送り返す神聖な儀式が「イヨマンテ」である。霊前にはご馳走が並べられ、朗々たるユカラ（英雄叙事詩）や踊りが捧げられるが、どうしたわけか話が佳境を迎える寸前にその語りがピタリとやんでしまう。

神の国に戻ったクマ神は人間界への旅の報告会を開いて、こう話すのだという。「人間の国はなんとも楽しいところだ。ご馳走は食べきれないほどあるし、何といっても、あの歌や踊りの楽しいこと。でも、ひとつ不満がある。あんなに面白いユカラが突然、終わってしまうんだから」。こんな話を教えてくれたアイヌ民族初の国会議員、萱野茂さん（故人）がニヤニヤしながら語った言葉がまだ、鮮明に記憶に残っている。

「（人間の）仏さんには最後までユカラを聞かせてやる。でないと「夕べの続きはどうなった」と死んだはずの人がまた、目を覚ます。ところが、クマ神の場合が逆。これからっていう時に「後はあすのお楽しみ」と終わりにするわけ。すると、クマ神はその続きを聞きたくなって、また人間の国を訪ねてくる。ユカラは長いもので1週間も語りが続く。長ければ長いほど、クマ神が人間の国へ遊びにくる回数も多くなるっていうわけだ」――。

そう言えば、大瀬さんもこんな風に話していた。「人間がそこにいるのもひとつの自然の姿だから……。山の木や草だけが自然ではない。人間の営みもヒグマたちの生活も同じ雄大な自然の一部なんだ」

そう、アイヌ民族も大瀬さんも巧まずして、とうの昔から「ソーシャルディスタンス」を実践してきたにすぎない。共通するのは自然界に対する「畏敬の念」であろう。生と死を包摂《ほうせつ》する究極のコミュニケーション術がここにはある。その禁を犯したいわゆる〝文明人〟たる我われはいま、〝マスクダンス〟とでも呼びたいような新舞踊を踊らされている。

何となくパントマイム（無言劇）の趣《おもむき》がある奇妙な光景である。

もうひとつの「コロナからのメッセージ」〈6・26〉

「コロナではたらくかぞくをもつ、キミへ。まだまだ、せかいじゅうが、しんがたコロナウイルスで、たいへんなことになっているね。そんななかでも、わたしたちコロナは、くらしをゆたかにする〝つぎのかいてき〟をつくろうと、きょうも、がんばっています。もし、かぞくが、コロナではたらいているということで、キミにつらいことがあったり、なにかいやなおもいをしていたりしたら、ほんとうにごめんなさい。かぞくも、キミも、なんにもわるくないから。わたしたちは、コロナというなまえに、じぶんたちのしごとに、ほこりをもっています。キミのじまんのかぞくは、コロナのじまんのしゃいんです」

「わたしたちコロナは」……こんなひらがなとカタカナ書きの広告が6月13日付の新潟日報に掲載され、話題になっている。地元三条市の暖房機器メーカー「株式会社コロナ」

の小林一芳社長がコロナ禍の中で心を痛める社員と家族向けに送ったメッセージで、小林社長は「社名が新型コロナウイルスを連想させることから、社員の家族やお子さんが学校やメディアで何気なく耳にする言葉に心を痛め、落ち込むようなことがあった」と話している。コロナ〝当事者〟からの初めての訴えに私は妙に感動してしまった。

ビールやホテル、アミューズメント施設……。人類全体から〝仮想敵〟とみなされたコロナ大戦争が遂行される中、この名を銘柄に持つ業態が思わぬ風評に立ち往生している。そもそも「コロナ」は太陽の周辺に輝く散乱光を指し、その名はギリシャ語の「王冠」が由来。コロナウイルスの表面の突起物が王冠に似ていることから、こう呼ばれるようになったという。コロナ禍のとばっちりを受けたメキシコ産の「コロナビール」は4月初めに生産の一時停止に追い込まれたほか、国内の集客施設からも客足が遠のいた。ところで、私たちの世代にとって「コロナ」と言えば「トヨタ」。1957（昭和32）年に初代が誕生して以来、40年以上にわたってファミリーカーの地位を維持してきた。でも、北国にとってはやはり「コロナストーブ」が懐かしい。

歴史をさかのぼること85年前——。このストーブの創業者がコロナ放電の発光色と石油コンロの青い炎が似ていることに気が付き、太陽の周囲に現れるコロナにイメージを重ね、こう命名したのだという。以来、「コロナストーブ」は北国の日常生活には欠かせない〝神器〟のひとつとしていつもそばにあった。暖を取るだけではなく、母親の煮炊きを助ける必需品でもあった。だから、同じ〝コロナ世代〟といっても、私たち後期高齢者にとって、その行きつく先の記憶は「ウイルス」ではなく「ストーブ」ということになる。

「本来、「新しい生活様式」には、新しいものの考え方や価値観が伴っていなくてはいけないはずです。単にマスクを着ける、着けないじゃなくて、高度成長期以来の思考様式を変えなくてはいけない。(…)価値観や思考様式を変えようとしないで「新しい生活様式」を掲げても、すぐ消えていくような気がします」(6月20日付「朝日新聞」)。明治大学の重田園江教授(政治思想史)はこう述べている。

小林社長のメッセージは巧まずして、「たまにはコロナの身になってみる」という視点の移動(置換)の大切さを教えているような気がする。エアコンがまだ普及していなかった子どものころ、王冠の不思議な輝きに手をかざしながら、何やら深刻ぶって物思いにふけっていた自分を思い出す。「コロナストーブ」は今回のコロナ禍をまさに〝自分事〟として、とらえ直すきっかけを与えてくれたのである。「コロナからのメッセージ」を改めて読み返しながら、いったん「ゼロリスク症候群」に取りつかれてしまった際の「視点の移動」の難しさをつくづくと思い知らされた。

スペイン風邪と賢治とメアリー（6・29）

「（宮沢）賢治はスペイン風邪について、詳細なカルテ（病歴）を残していた。当時の記録が少ない中での貴重な医療史の一断面」――。コロナ禍をきっかけに賢治の看護記録が研究者の間で注目を集めている。スペインインフルエンザ（スペイン風邪）は1918年（大正7）年から3年間にわたって世界中で猛威を振るい、当時の世界人口の3割が感染。最大で4500万人が死亡し、日本でも約38万人余が犠牲になった。たとえば、地元紙にはこんな記述がみられる。「盛岡市を襲った流行性感冒は、市内の各商店、工業を休業に追いやり、多数の児童の欠席を見たため、学校の休校を招いた。厨川《くりやがわ》小学校で2名の死者を出し、さらに罹患者2万を超ゆ……」（大正8年11月5～6日付「岩手日報」）

賢治の最愛の妹トシは日本女子大に在学中の大正7年末に体調を崩し、東京帝国大学医学部附属病院小石川分院（当時）に2カ月余り入院した。母親イチと賢治はすぐに上京し、母親が一足先に帰郷した後も付きっきりで看病に当たった。当時、賢治は22歳、トシは19歳の大学3年生だった。賢治はこの間、トシの病状を書きつづった手紙を父親政次郎に送り続け、その数は45通に及んでいる。最初に疑われた「(腸)チフス」が否定され、スペイン風邪が病因だとする経過がその書簡から読み取ることができる。

- 「今朝、無事着京致し候。昨日は朝38度夜39度少々、咽喉を害し候様に見え候」

(大正7年12月27日付、トシの病状報告)

- 「チブス菌は検出せられざりしも、熱型によれば全くチブスなり。気管支より上部に病状あること。則《すなわ》ち肺炎なること」

(同年12月29日付、主治医の診断)

- 「腸チブスの反応なく、先《まず》は腸チブスに非《あらざ》る事は明に相成り候。依《よっ》て熱の来る所は割合に頑固なるインフルエンザ、及び肺尖《はいせん》(=肺の上部)の浸潤によるものにて、今後心配なる事は肺炎を併発せざるやに御座候由……」

(大正8年1月4日付、主治医の診断)

- 「尚私共は病院より帰る際は予防着をぬぎ、スプレーにて消毒を受け帰宿後、塩剥《えんぽつ》(=塩素酸カリウム)にて咽喉を洗ひ候」

(同日付の近況報告)

トシはその後帰郷して療養を続け、いったんは教職に就いたが約2年半後に「肺炎性結核」で病没した。賢治が後を追ったのはその10年後で、〝不治の病〟と言われた「急性肺炎」が死因とされている。賢治やトシが生きた時代は主治医が最初、〝誤診〟したように腸チフスがもうひとつの脅威だった。賢治の代表作『虔十《けんじゅう》公園林』の中にこんな一節がある。「さて虔十はその秋チブスにかかって死にました。平二も丁度その十日ばかり前にやっぱりその病気で死んでゐました」。

*　*　*

「毒婦」「無垢の殺人者」……。賢治がトシの看病に当たっていたちょうどその頃、海を隔てた米ニューヨーク・マンハッタンの沖合にある「隔離島」に、こんな汚名を着せられた若い女性が収容されていた。〝チフスのメアリー〟と呼ばれた、腸チフスの無症候性キャリア（無症状患者）の「メアリー・マローン」（1869〜1938年）である。その数奇な人生をまとめた『病魔という悪の物語』（金森修、筑摩書房、2006年）によれば、料理人だったメアリーは雇い主の家族など50人以上に感染させたとされている。公共の福祉（公衆衛生）か個人の自由か……賢治の〝カルテ〟にしろ、メアリーの〝病魔〟にしろ、100年前の記憶はそのまま、いま現在のコロナ禍の困難を教えているような気がする。金森さんはこう書いている。「感染ゼロ県」の住人のひとりとして、身につまされる文章である。

「この生物学的な恐怖感が私たちの心の奥底に住み着き、いつその顔を現すかはわからないような状況が、人間社会の基本的条件なのだとするなら、未来の「チフスのメアリー」を同定し、恐怖を覚え、隔離し、あざけり、貶《おとし》めるという構図は、いつ繰り返されてもおかしくはない。もし、あるとき、どこかで未来のメアリーが出現するようなことがあったとしても、その人も、必ず、私たちと同じ夢や感情をかかえた普通の人間なのだということを、心の片隅で忘れないでいてほしい」

「俺ら田舎さ帰《け》るだ」――コロナからの逃走　〈7・2〉

「テレビも無ェ　ラジオも無ェ　自動車（くるま）もそれほど走って無ェ　ピアノも無ェ

バーも無ェ　巡査（おまわり）毎日ぐ～るぐる……俺らこんな村いやだ　俺らこんな村いやだ　東京へ出るだ　東京へ出だなら　銭（ぜに）コァ貯めで　東京でベコ飼うだ」――。

作家の太宰治と同じ青森・金木町（現五所川原市）出身の演歌歌手、吉幾三さん（67）が「俺ら東京さ行ぐだ」（1984年）と絶叫したのは36年前。その大都会から今度は〝幾三節〟の大合唱が風に乗って聞こえてくるような気がする。「俺らコロナがおっかねェなんにも無ェくても　俺ら田舎がェ……」という歌い出しで始まる「俺ら田舎さ帰《け》るだ」である。

「コロナニモ負ケズ岩手ハゼロ続くサウイフ処ニワタシハ住ミタイ」（6月21日付「朝日歌壇・俳壇」）――。この投句を詠みながら「感染ゼロ県」のふるさとについて、宮沢賢治がかつてこう書いたことを思い出した。「イーハトヴは一つの地名である。（…）実にこれは著者の心象中に実在したドリームランドとしての日本岩手県である」（『注文の多い料理店』広告チラシ）。コロナ禍のいま、この〝夢の国〟（イーハトーブ）が注目を集めないわけがない。まるで、地方移住ブームが過熱しそうな気配である。「アフターコロナの移住を見据え」――。「イーハトーブ」本家の当地花巻も「みんなの移住フェス2020オンライン」なるイベントに参加するなどはしゃぎまくっている。

「どこかに故郷の香りをのせて／入る列車のなつかしさ／上野は俺らの心の駅だ／くじけちゃならない人生が／あの日ここから始まった」――。「俺ら東京さ行ぐだ」がヒットするちょうど20年前、石川啄木が「そ」（訛り）を聴きに行った上野駅を舞台にした演歌が東北人の愛唱歌のひとつになっていた。「あゝ上野駅」（1964年）――。高度経済成長のその時代、〝15の春〟ともてはやされた少年少女を乗せたすし詰め列車が陸続として、東京に到着した。その後の「東京一極集中」の土台を築いたのは半ば強制的にふるさとを追われた「金の卵」たちだった。

この歌のヒットメーカー、井沢八郎も奇しくも青森・弘前市の出身である。賢治や啄木、そして太宰らの多彩な文学表現を、井沢と吉というふたりの演歌歌手がみちのくの〝恨み節〟として歌い上げたのではないかという気がする。井沢は13年前、上野駅近くの総合病院で病死した。享年69歳。この病院では今回の新型コロナウイルスによる集団感染が発生し、入院患者43人が死亡するという悲劇があった。不思議なめぐり合わせである。

金の卵たちを迎え入れた「上野駅」はこれから先、集団就職ならぬ〝集団疎開〟の拠点駅にその姿を変えていくのであろうか。慶応大学大学院の鶴光太郎教授（比較制度分析）はこう語っている。「テレワークの流れは不可逆的。遠隔でのコミュニケーションが拡大すれば、大都市の企業につとめながら居住は地方といった地方活性化が始まるだろう」（6月25日付「朝日新聞」）――。今後、地方回帰が加速されるようなことになれば、それこそ「コロナ神」の思し召しとさえ思いたくなる。

コロナ禍を映し出す俳句と短歌　〔7・5〕

世相を浮き彫りにする表現方法としては俳句と短歌が最も手っ取り早い。背後にその時々の深層心理を凝縮した言葉が踊っている。毎週日曜朝刊の「朝日俳壇・歌壇」に掲載される言の葉を追いかけてみると（6月19日付「朝日新聞」から）――

〈初投句は2月16日。それは〝マスク騒動〟から〉

● 旅人の如く《ごと》マスクを探しけり

・薬局のマスクの棚の空白に薄き不安が積もりてゆけり

〈人々の表現や視線は次第にとげとげしく〉

・マスクして徒《ただ》ならぬ世に出てゆけり

・咳《せき》をしたら人目

・咳をする静まり返るバスの中「花粉症です」被告のごとし

〈春の光景も一変〉

・桜咲く生徒不在の校庭に

・ひゅんひゅんと客無き土俵に響きいる弓の鋭く空《くう》を切る音

〈3月29日、タレントの志村けんさんが死去〉

・「エイプリルフール」と笑え志村けん

・最後までコントか本当か分からない手品のように消えたおじさん

〈4月7日、7都府県に緊急事態宣言。16日には全国に拡大〉

- 働き方改革コロナウイルスでダブルパンチ受く非正規の子
- 動画にはソファーに寛《くつろ》ぐ首相あり格差社会の現実ここに

〈外出自粛と「3密」の中で〉

- 初孫に会えぬ三月四月かな
- 時疫《ときのえ》に心ならずも春ごもり
- ぼくはもう大きくなっちゃうよ東京のパパはじしゅくで帰ってこない
- 人を避け人に避けられ雑踏の街をマスクとマスクの孤独

〈病院や施設でも面会謝絶〉

- 面会の出来ぬコロナ禍病室の夫仰ぎ見る傘横向けて
- 痩せ細り母が母ではないような哀しい写真施設より届く

〈一方で、ユーモアをにじませる句も〉

●コロナなど一呑《ひとの》みして鯉幟《こいのぼり》

●パソコンの前の飲み会「おいしいよこれ食べてみて」と言えないのがな

●「いってきます」いつもの通り居間を出し夫は七歩で〈職場〉に入る

（註）政府は2023年5月8日の大型連休明けから、コロナ感染症の「感染症法」上の位置づけを季節性インフルエンザと同じ「第5類」に引き下げることを決定。外出時などのマスクの着用を「個人の判断や状況などその場に応じた」扱いに変更した。「新しい生活様式」の導入から3年。この歳月の流れはまるで「なかったかのような悪夢」として、あっという間に忘却の彼方に葬り去られるのであろうか。

第5章　浮遊する「忙中閑」

空気の日記――それがある日突然、なくなるということ〔2020・10・27〕

〝アベノマスク〟を揶揄《やゆ》していた自分がいつの間にか、その姿に違和を感じなくなっているという不可思議。そういえば、詩歌の世界でも年中、通用する〝季語〟になったみたいである。そんな時に出会ったのが「空気の日記」だった。こんな書き出しである。

「空を見上げれば、すいすい元気に飛び交うアキアカネの群れ。おお、秋だ秋茜《あきあかね》だ。足元を見れば、道には色づいた落ち葉がチラホラ並びはじめている。去年の秋と今年の秋の違うところは――落ち葉のなかに、白いマスクが何枚か混ざっているところかな」。詩人23人が輪番でつづるこのWEBサイトから、詩人らしい〝空気感〟が伝わってきた。

- 禁制の集会に行くかのように／息をするのも恥じ入りながら／スーパーにこっそり出かけてく（4月12日）
- 手を洗っても洗っても拭えない汚れがあり／蛇口から流れつづける今日という一日（5月6日）
- 陰／陽／白／黒／必要／不要／緊急／不急／一輪の花でさえ／そんなふうにはほんとうは分けられない（6月6日）
- STAYとかHOMEとかGO TOとか／わたしたち犬みたいだよね（7月19日）
- マスクをする　呼吸をする／暑くてくらくらメマイがする／なぜかセカイがくるくる回る（8月6日＝この日は75年目の広島原爆の日）
- 布でつくられたマスクを手洗いする朝が／いつもの流れにまざって／この日常を／たやすく認めたら／わたしが壊れる（9月9日）
- わざわざ書くまでもないような／ささいなことを／ううん／わざわざ書いておかな

いと／あとあと喉元過ぎて忘れてしまうだろうから（9月10日）

『空気の無くなる日』（1949年公開）――。ふいに、70年以上も前の映画のシーンが目の前によみがえった。子どもたちが5分間、呼吸を止める訓練をしたかと思えば、自転車のチューブや氷袋に空気をためようとするなどてんやわんやの大騒ぎ。彗星が接近する「その年の7月28日」に5分間だけ、「地球上から空気がなくなってしまうそうだ」というデマに踊らされるドタバタ劇である。1円20銭だった氷袋が何百倍にも高騰するというあたりは、コロナ禍でのマスクの買い占めを彷彿《ほうふつ》させるではないか。当時の児童雑誌（『子供の廣場』新世界社）に掲載された同名の小説（岩倉政治著）の映画化で、私も恐るおそる観に行った記憶がある。ところで、冒頭の引用文はこう続く。

「マスク暮らしも、板について。人気のないところでのマスク外すタイミングも心得た人々の、外し方もそれぞれ個性が出ていて、観察するとけっこう面白い。顎の下にずらしてタバコ吸ってる――顎マスク。片肌脱いだ遠山の金さんのように片方外した――片耳マスク。ゴム紐が伸びきってないとああはできないだろう頭の上の――あみだマスク。口だけ隠せばじゅうぶんだと思っているらしく堂々と――鼻出しマスク。人の気配を感知するとさっとポケットから現れる――忍びマスク。マスク景色も、十人といろだ」

あぁ、早くマスクを外して、すっきりしたい。でもやっぱり、新型コロナウイルスがおっかない。齢80歳にして、ふたたび「5分間呼吸停止術」に挑戦するとするか。でもたったの5分間、息を止めることができたとしても……。物理学に「イナーシャ（慣性）の法則」というのがあるそうである。平たく言えば、周囲に慣れ親しむというような意味なのだろうか。ぐるりと見まわすと、私たちのまわりにはすでに「ニューノーマル」（新常態）という名の城壁が張りめぐらされている。「付けるも地獄、外すも地獄」――あぁ、〝マスク地獄〟。

〔10・30〕

コロナ神とBLMと大坂なおみと

「彼我《ひが》を差別しないというその〝平等性〟こそが、むごたらしい差別の実相を白日の下にさらした」。トランプのジョーカー（道化師）ではないが、米大統領の「コロナ」感染は妄想の射程を無限に広げてくれたという意味では最近にない「ブラックジョーク」（風刺）ではなかったか。最初は劣勢が伝えられる大統領選の逆転劇をねらった大芝居――「仮病」ではないかと思ったほどである。そうではなかった。「コロナ神」は実は、白人至上主義者であるトランプ大統領の下で差別を強いられてきた「ブラック」の蹶起《けっき》を促したのではないか……そんな気がするのである。

「雇用や住宅、教育、健康などさまざまな面で、黒人をはじめとするマイノリティへの社会経済的不平等が新型コロナウイルスへの感染リスクや重症化リスクを高める要因となっている」――。米ブルッキングス研究所はコロナ感染による黒人の死亡率が白人の2倍以上にのぼっていることについて、こう分析している。コロナ禍のさ中の今年5月、ミネソタ州で黒人男性が白人警官に首を押さえられて死亡する事件が起きた。これをきっかけに人種差別や社会的格差に反対する「ＢＬＭ」運動（ブラック・ライブズ・マター）が広がった。全米から全世界へ――とその伝播力はまるで同時多発的なコロナパンデミックの勢いを思わせた。

「私はアスリートである前に、1人の黒人の女性です。私のテニスを見てもらうよりも、いまは注目しなければならない大切な問題がある」。テニスの全米オープンで、2年ぶりに優勝した大坂なおみさん（22）はこんなメッセージを掲げながら、頂点を極めた。決勝までの7試合全部に黒人被害者の名前を記したマスクを着けて登場した。14歳の時、黒人少年が白人自警団に銃殺された事件を経験した。「彼の死が目を開かせてくれた」と語っている。ハイチ出身の父と日本人の母を持つ彼女の生い立ちを聞いていると、「やっぱり、おじいちゃんの血が流れているんだな」と思ってしまう。

北海道根室市に住む祖父の大坂鉄夫さん（75）は北方領土・歯舞群島（勇留島＝ゆりとう）の出身で、日ロ間にまたがる〝国境の海〟を抱える根室漁協の組合長を20年以上にわたって務めている。だ捕の恐怖におびえながらの「密漁」やロシア側に情報を流して、密漁を見逃してもらう「レポ船」……。現役時代、この地を取材した私は領土問題（政治）の〝人質〟にされる国境漁民の苦悩を何度も聞かされた。大坂さんは昨年11月、孫娘のなおみさんを初めて、東端の納沙布岬に案内した。眼下に歯舞群島の島影がぼんやりと浮かんでいた。おじいちゃんは孫に対して、「国をまたいで生きる」ことの困難と勇気を教えたかったのではないか、ふとそんな気がした。

「文化担う人々への抑圧も見よ」という見出しの記事で、北海道大学のアイヌ・先住民研究センターの北原次郎太（アイヌ名・モコットゥナシ）准教授はこう述べている。「文化を知ることは、相手に歩み寄るための一つの手段だ。その文化や担い手を抑圧する構造を見なければ、単なる消費や収奪となる。「黒人文化だけでなく、黒人も愛してほしい」というBLM運動から発せられる言葉は、アイヌの状況にもそのまま重なっている」（10月10日付「朝日新聞」）。

前にも言及したが、アイヌの世界では病気のことを「パヨカカムイ」（徘徊する神）と呼ぶ。病気をまき散らすのもこの神に課せられた役割なのである。私は「ムダな抵抗」を戒めた謂《い》いだと勝手に解釈している。〝疫病神〟扱いされているこのウイルスに対し、「コロナ神」という尊称を献上したいと思う所以《ゆえん》である。ひょっとしたら、アニメ映画『鬼滅の刃』の〝鬼〟って、コロナ神みたいなものなのかも。あぁ、妄想が止まらない。百聞は一見に如《し》かず――。

アニメ映画『鬼滅の刃』と桃太郎 〔11・10〕

「心を鬼にして、その鬼に立ち向かって行く。つまり、鬼は人の生まれ変わりであり、その逆もまた」――。こんな洞察的なパラドックス（逆説）がどれほどの人たちに届いているであろうか。史上最速という記録的な観客動員を更新し続けているアニメ映画『鬼滅《きめつ》の刃《やいば》――無限列車編』を観ながら、ふとそんな不安にかられた。朝8時半の開幕から夜10時5分の閉幕までの上映回数は何と20回。となり町の映画館では終日、親子連れなど老若男女が食い入るようにスクリーンに見入っていた。映画そのものよりもこの異様ともいえる会場のたたずまい……。「桃太郎」伝説の揺りかごで育った身には余りにも痛撃的なパンチだった。

「桃太郎さん、桃太郎さん／お腰につけた黍《きび》団子／一つわたしに下さいな」、「やりましょう、やりましょう／これから鬼の征伐に／ついて行くならやりましょう」（作詞・不祥、作曲・岡野貞一）――。記憶の底からふいに、童謡の一節が口元によみがえった。191

1（明治44）年、文部省唱歌に選定された「桃太郎」である。その前年、日本は韓国を併合（「日韓併合」）し、海外進出への橋頭堡《きょうとうほ》を築きつつあった。目の前のスクリーンでは「鬼殺隊」のメンバーたちが鬼たちとの壮絶な死闘を繰り広げている。そんな中、家族を鬼に殺され、妹も鬼に変身させられた主人公（竈門炭治郎《かまどたんじろう》）は逡巡する。「鬼の人生にも人であった過去があったはずだ……」。

「コ殺隊」――。鬼殺隊にあやかって、こんな言葉がSNS上で飛び交っているらしい。人類を恐怖のどん底に突き落とした新型コロナウイルスを「鬼」に見立て、これを征伐しようという発想である。「行きましょう、行きましょう／あなたについて何処までも／家来になって行きましょう」（3番）、「そりゃ進め、そりゃ進め／一度に攻めて攻めやぶり／つぶしてしまえ鬼が島」（4番）、「おもしろい、おもしろい／のこらず鬼を攻めふせて／分捕物をえんやらや」（5番）。イヌとサルとキジを従えて、鬼が島へ鬼退治に向かう「桃太郎」の光景が否応なく重なってしまう。私が危惧する不安もこのあたりにある。

「『全集中の呼吸』で答弁させていただく」（10月3日付「岩手日報」）。菅義偉首相は鬼退治に向かう際、気合を入れるために行う〝鬼滅式呼吸法〟を引き合いに出しながら、国政運営にこう意気込みを見せた。主人公の炭治郎が身に付けているイヤリングが旧日本軍の軍旗「旭日旗」に酷似していることが話題になっているが、最も警戒すべきはこうした〝政治利用〟である。一国の宰相に桃太郎を気取ってもらっては迷惑千万である。作家の芥川龍之介は短編『桃太郎』（1924（大正13）年）の中で鬼の世界をこう描写している。

「鬼が島は絶海の孤島だった。が、世間の思っているように岩山ばかりだった訣《わけ》ではない。実は椰子《やし》の聳《そび》えたり、極楽鳥《ごくらくちょうさえず》の囀ったりする、美しい天然《てんねん》の楽土《らくど》だった。こういう楽土に生《せい》を享《う》けた鬼は勿論平和を愛していた。いや、鬼というものは元来我々人間よりも享楽的《きょうらくてき》に出来上った種族らしい」

「鬼は熱帯的風景の中《うち》に琴《こと》を弾《ひ》いたり踊りを踊ったり、古代の詩人の詩を歌ったり、頗《すこぶ》る安穏《あんのん》に暮らしていた。そのまた鬼の妻や娘も機《はた》を織ったり、酒を醸《かも》したり、蘭《らん》の花束を拵《こしら》えたり、我々人間の妻や娘と少しも変らずに暮らしていた。殊にもう髪の白い、牙《きば》の脱《ぬ》けた鬼の母はいつも孫の守《も》りをしながら、我々人間の恐ろしさを話して聞かせなどしていたものである」

「鬼たちとの究極の〝和解〟」――。私はこのアニメ映画を「弱きを助け、強きをくじく」という単純な勧善懲悪物語とは解したくはないと思う。災いは繰り返しやって来る。疫病を〝鬼視〟する考えは古来からあり、「鬼は外」（節分）の風習は厄払いの伝統的な作法である。歴史学者の磯田道史さんはテレビ番組でこう語っていた。「昔の日本人にとって鬼は祓《はら》うものだったが、いまの鬼ブームでは鬼は滅びるものとして人気になっている。鬼に対する捉え方が変わっている」。

映画『アイヌモシリ』とデボとコロナ神と……　〈11・30〉

アイヌ流儀で言えば「人間の力の及ばない」――いわゆる〝森羅万象《しんらばんしょう》〟はすべてが「カムイ」（神）であり、いま世界中を震撼させている「新型コロナウイルス」もその例外ではない。私がパンデミック以来、「コロナ神」と呼びならわしてきたのはこの所以《ゆえん》である。しかし、この精神の大切さを身をもって教えてくれたのは、アイヌ青年の「デボ」だった。上映中の映画『アイヌモシリ』（福永壮志監督、2020年10月公開）のスクリーン上で、数十年ぶりにデボと相まみえた。

タイトルの由来は「アイヌ」＝「人間」、「モシリ」＝「静かな大地」。北海道はかつて、アイヌの人々によって「人間の静かな大地」と呼ばれた。映画の舞台は阿寒湖畔のアイヌコタン（集落）。アイヌの血を引く14歳の少年カントが「イオマンテ」（熊の霊送り）の儀式を通して、次第に目覚めていく。熊の命を奪う代わりに、その霊を心を込めて熊の世界（カムイモシリ）に送り返す。その最高神に君臨するのが「キムンカムイ」（熊）であり、カムイとのこうした往還こそが、アイヌ精神の真髄である。このことについてはすでに、言及した。今年、還暦を迎えたデボはまさに「アイヌ」（人間）としての円熟味を増し、スクリーンで観るその迫真の演技に圧倒された。

本名「秋辺日出男」に最初に出会ったのは、デボがまだ30代の初めころだった。熊の木彫りなどを並べるコタンの店の前は竹製のオリで囲まれ、「むやみに餌を与えないでください」という張り紙が張ってあった。のぞき込むと、デボそっくりの父親の今吉さん（故人）が「ケッケッ」とからかうように笑って、オリをどけてくれた。アイヌ民族の融通無碍《ゆうずうむげ》なユーモアとトンチを目の当たりにした思いがした。デボも負けてはいなかった。一緒に日本そば屋に入ったことがある。日本人離れした風貌のデボが「へ～イ、私箸《はし》、使えない。フォークをください」――。店員のキョトンとした表情が忘れられない。そんなデボが深刻な面持ちでこう語ったことがあった。

「(アイヌという) この言葉がマスコミなどによって増幅される結果、いまでもまるで自然と一体となって暮らしているかのような美化されたアイヌ像が一人歩きしている。それが重荷になり、「アイヌ」から逃げ出してしまったり、逆にアイヌ自身がその言葉に酔ってしまう。普通にメシを食べ、時には酒を飲んで寝るという日常生活全体が、私にとってのアイヌ文化だ。この日常の中からアイヌの伝統的な精神を少しずつ、身につけたいと思っている」

奥深い森の中で、秘かに「イオマンテ」の生贄《いけにえ》に供するための小熊を飼育するデボ。最初はその残虐性についていけないカントも無意識のうちにアイヌの精神世界へと導かれていく。止めを刺すための矢を射る瞬間、デボの表情に何か「祈り」にも通じる〝啓示〟みたいなものを感じた。この映画は第19回「トライベッカ映画祭」(ニューヨーク)で、国際コンペティション部門「審査員特別賞」を受賞した。クリント・イーストウッド監督・主演の映画『許されざる者』（1992年公開）のリメイク版（李相日監督、2013年公開）でも、デボはアイヌの青年役を演じている。「おめでとう」を伝えると、電話口でこんなことを口にした。

「オレも実はコロナ禍とこの映画の上映が重なったことに不思議な巡り合わせを感じている。コロナを追い出すのではなく、あんまり人間を怖がらせないで、早く神の国へお帰りくださいい。毎日、こう祈っているんだよ」

第6章　「姥捨て山」脱獄記

コロナ包囲網の中でやっと妻の3回忌（2020年7月29日）を済ませたとたん、腑抜けみたいになってしまっている自分に気が付いた。まるで、呆《ぼ》け老人。無意識のうちに〝3食飯つき〟の安住先を探していた。「老後の安心をお任せください」――。敷地内に温泉とスポーツジムが併設されているという謳い文句に吸い寄せられるようにして、数日後には自宅を後にしていた。酷暑のさ中のこの引っ越し作戦の詳細な記憶が不思議なほどない。まるで、〝神隠し〟にでもあったみたいだった。移り住んだ先は市郊外の3食付き老人向け施設（通称、サ高住）。2021年1月現在の入所者は定員30人に対し、10人（女性7人、男性3人）。平均年齢はざっと80歳前後か。以下はわずか8カ月で逃げ出すことになった〝脱獄記〟のてん末である。

コロナ禍の老人コミュニティー〈2021・1・4〉

さ～て、唯我独尊《ゆいがどくそん》を押し通してきた男が、老人コミュニティーでの集団生活に適応できるのかどうか。果たせるかな、コロナ鬱《うつ》に加えて、〝集団鬱〟の追い打ちにグロッキー気味。そんな矢先、昨年暮れに入所した2人の女性に救われた気持ちになった。この出会いをコミュニケーションのきっかけにできれば……。そんな思いで殊勝にも以下のような「提言書」を職員や入所者に配った。

〈資料1〉提言書

私たちはいま、「コロナパンデミック」という人類がかつて経験したことのない困難な時代を生きざるを得ない宿命を背負わされてしまいました。その最大の損失は人と人をつなぐ従来のコミュニケーション手段が奪われたことです。いまではまさに忌み嫌われる〝濃厚接触〟という言葉になってしまいましたが、実は「人」を人たらしめるものこそが、お互いの肌が触れ合うこの感覚だったと思います。これがかなわなくなったいま、私たちは新しい方法を模索しなければなりません。

この施設に最近、歩行器を必要とする方や耳の不自由な方が入所されました。私はとっさに宮沢賢治の詩「雨ニモマケズ」の一節――「東ニ病気ノコドモアレバ／行ッテ看病シテヤリ……」というあの有名な詩句を思い出しました。次の瞬間、賢治の「行ッテ」（GoTo）精神そのものがいままさに感染防止の上で「NG」扱いになってしまったことにハタと気づかされました。でも、賢治が言いたかったことは「寄り添う」ことの大切だと思い直しました。歩行器をそっと、押してあげました。なにか、フ～っと吹っ切れる思いがしました。筆談用のボードに名前を書くと、耳の不自由なその方は目を真っすぐに向けて微笑んでくれました。「これでいいんだ」と思いました。

私たちは同じ屋根の下で寝食をともにする大家族です。みなさんは長い人生を生き抜いてきた達人たちです。職員のみなさんたちと一緒にどこにも負けない「新しい生活様式」をこの場で築き上げようではありませんか。運命共同体といったら、大げさになりますが、コロナ時代を生きるマニュアルはどこにもありません。お互いに知恵を出し合い、叡智《えいち》を結集して手探りで進むしかないと思います。焦らずに少しずつ、お互いの人生の歩みを語り合いながら、イーハトーブ（賢治の理想郷）への第一歩を踏み出そうではありませんか。

——あの銀河宇宙から満天の星が降り注いでいます。なんという幸せでしょう。私はこの地こそが「イーハトーブ」にふさわしいのではないかと内心、誇らしく思っています。

老人コミュニティーと〝自己責任〟〔1・14〕

「花っこがあれば、やっぱりにぎやがだな」——。「きれいだな」という言葉を期待していた私は一瞬、拍子抜けしてしまった。窓の外では途切れることのない雪がしんしんと降り積み、目の前のテレビはコロナばかり。「憂鬱《ゆううつ》は花を忘れし病気なり」と詠んだ植物学の父・牧野富太郎の生地、高知県佐川町が〝植物のまちづくり〟を手がけているという事実に「そうか、こんな時こそ花か」とハタと心づいたまでは良かったが……。

私が〝Yばあちゃん〟と呼ぶ86歳の老婦人の歩行器の介添えが日課みたいになっていたある日、「世の中なして、こんたに住みにぐなったんだべな。おら一日中、独りぼっちだす」とポツリともらした。さっそく、スーパーに走り、野菊の束を買ってきた。ぺたんと床に腰を下ろし花をそろえながら、ボソボソとつぶやいている。「なあ、にぎやがになったべ。色っぺもちょうどいいな。おらな、猫っ子も大好きだ。むがす、10匹以上飼っていだごどがある。子猫が死ぬたんびにお墓をつぐって、毎日手をあわせだもんだ。おらは猫に守られでいるがら、長生ぎしてるんだな」。部屋に2種類の猫のカレンダーがつるしてあった。方言使いの名手でもあるばあちゃんの〝孤独〟の底がすこし、見えたような気がした。

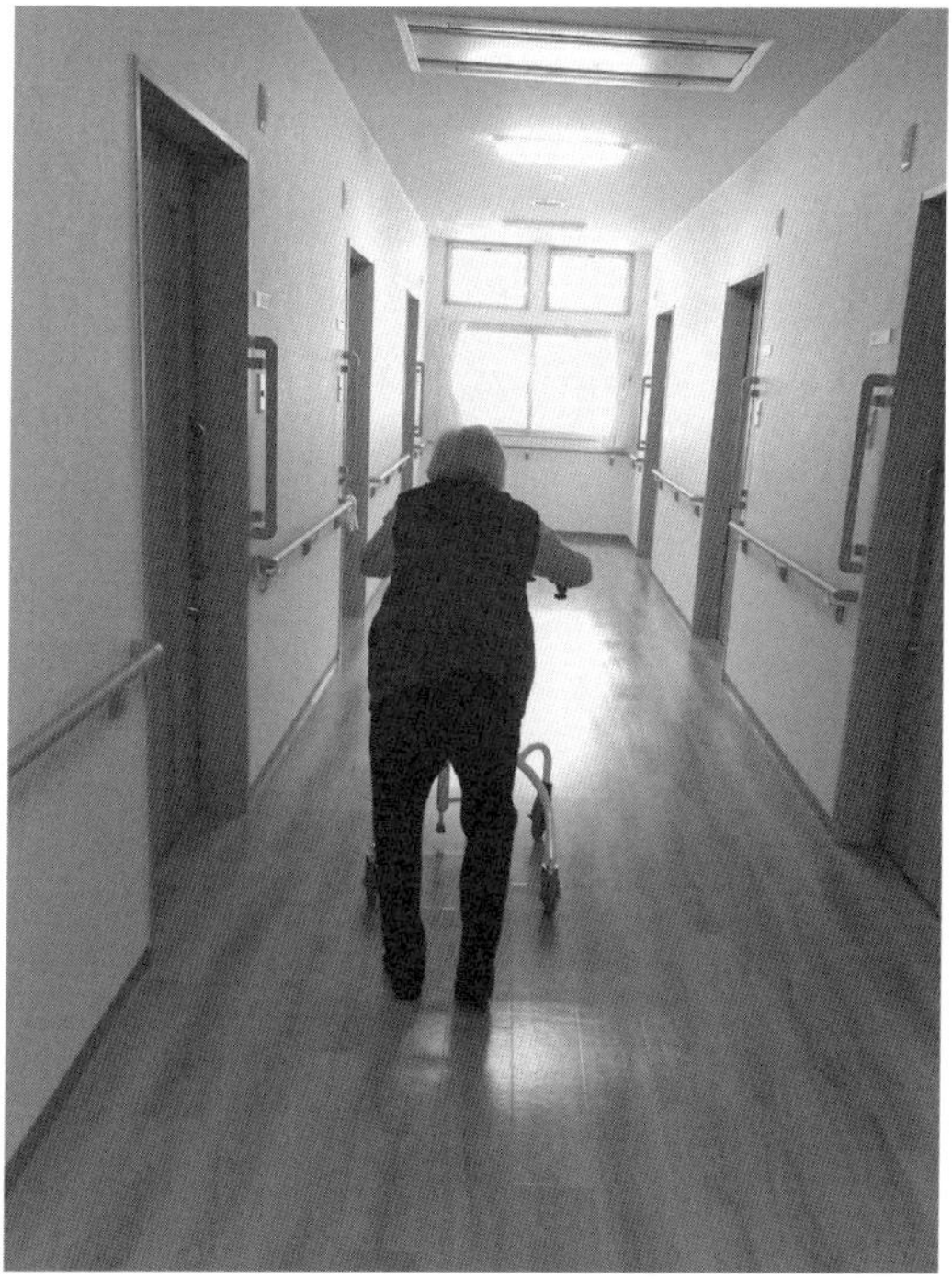

リハビリに励む孤老（花巻市内の施設で）

「高齢者住宅　情報開示拡大／廃業増　退去迫られたケースも」――。こんな大見出しの記事が今月4日付の「読売新聞」に載った。「高齢者住まい法」に基づいて2011年度に制度化された民間賃貸住宅「サービス付き高齢者向け住宅」（サ高住）の苦境を伝える記事だった。「自立・自活」ができる〝元気老人〟を受け入れるのが原則だが、コロナ禍の影響もあって定員不足から倒産や廃業に追い込まれるケースが後を絶たない。全国のサ高住で暮らす高齢者の約3割は要介護3以上が占めるというデータもある。私が入所している施設でも定員30人のうち、まだ3分の2が空室のまま。入所者の動揺はこんな末端にまで広がりつつあることを伝えていた。

とそんなある日、歩行器を押して食堂に向かおうとしたところ、「すみませんが、その介添えは職員の私たちに任せてください。何かあったら、困るんです」――。前後して、施設側との懇談会があり、トップがこう言ってのけた。「自立・自活を建前とする施設である以上、施設側に明らかな過失が認められない限り、基本的には自己責任ということになる」。あまりにも杓子定規な受け答えにビックリ。切って捨てるような、この言葉が老人コミュニティーの現場にまで浸透していることにゾッとした。

昨年12月21日午前2時32分――、岩手県を震度5弱の地震が襲った。私はベッドから飛び起き、夜勤の男性と一緒に入所者の安否を確認して回った。我がばあちゃんはこの大きな揺れにも気づかず、爆睡していた。さ～すが。幸い大事には至らなかったが、この期《ご》に及んでもなお「自己責任」を強弁する、その心性に正直怖気《おじけ》づいてしまった。「(サ高住が)〝元気老人〟だけでなく、要介護者の受け皿にならざるを得ない状況を理解した上で、だからこそ施設側と入所者が互いに支え合っていくことこそが、このコロナ時代の新しいコミュニケーションの手法ではないのか」。こんな私の訴えはいまのところ、施設側に届きそうな気配はない。

「自己責任」を押しつけるというのであれば、やってみようじゃないか。私は耳の不自由な女性の入所者にお願いして、簡単な「手話講座」を開いたり、お年寄りたちを集めてトランプのババ抜きに興じるなどこの施設ならではの〝新しい生活様式〟を模索しようと考えている。ばあちゃんの介添え役を返上しようという気持ちはさらさらない。万が一の事態が発生したら、それは私自身の「自己責任」――それで結構じゃないか。「花っこあれば、やっぱりにぎやがだな」というその笑顔を施設全体に広げたいと願う。ちょっと、思考がアベコベになりつつあるばあちゃんが最近、「おめはわれの息子みでだな」とモゴモゴと口走った。当年とって80歳の〝息子〟だが、〝おふくろ〟を見捨てるわけにはいくまい。

利害を超えて、互いが支え合った東日本大震災からもうすぐ、10年になる。コロナ禍の中で、あの「行ッテ」精神（宮沢賢治の詩「雨ニモマケズ」）……「見て見ぬふりはできない」という〝互助〟の精神はどこかに消えてしまい、いままた分断と憎悪が日本中に渦巻いている。人類と感染症の歴史に詳しい長崎大学熱帯医学研究所の山本太郎教授（前出）は「感染症と生きるには」と題するインタビューで、こう語っていた。私はいま自分が身を置く足元の小宇宙にこそ、その萌芽があると信じている。

「『3密避けろ』『大声で話すな』と、人との距離を保つことが求められますが、新たな近接性を模索していくことも必要だと思います。物理的な接触は減っても、共感を育める近接性のある社会です。そうした共感がヒト社会をつくってきたのですから」（1月15日付「朝日新聞」）

マヨイガとデンデラ野の狭間《はざま》にて　（2・11）

「あの津波の日、わたしたちは「そこ」にいた。そして、岬の古い家（マヨイガ）で家族のように暮らしはじめた」――。東日本大震災から丸10年を目の前にした2月初旬、被災地再生の物語ともいえる演劇『岬のマヨイガ』（脚本・演出、詩森ろば）を盛岡の劇場で観た。原作は当地花巻出身の童話作家、柏葉幸子さん（67）の同名の作品で、野間児童文芸賞の受賞作。鑑賞しながら、不思議な既視感にとらわれた。コロナ禍の中でバラバラになった人間関係をもう一度、結《ゆ》い直そうという記憶の磁場みたいなものを感じたからだろうか。

あの日――。父母を交通事故で失い、言葉を話せなくなった少女「ひより」と、夫の暴力に耐えかね、東京から逃れてきた「ゆい」、それに遠野生まれの86歳のおばあちゃん「キワ」の3人はそれぞれの事情で沿岸にある岬の駅「狐崎」に降り立った。大震災に見舞われたのはまさにその時である。中学校の体育館に避難したふたりは、身元を問われて困惑してしまう。帰れる家も帰りたい家もないからである。救いの手を差し伸べたのがキワばあちゃんだった。血のつながらない3人の不思議な共同生活が岬の突端にあった大きな古い家で始まった。津波を引き起こしたのはどうもウミヘビの仕業らしい。女優の竹下景子が演じるキワばあちゃんの出番である。

「遠野では、山中の不思議な家をマヨイガといいます。マヨイガに行き当たった人は、かならずその家の道具や家畜、なんでもよいから、持ってくることになっているのです。なぜなら、その人に授けようとして、このような幻《まぼろし》の家を見せるからです」（口語訳『遠野物語』柳田國男著、後藤総一郎監修、河出書房新社、1992年）――。「岬のマヨイガ」を舞台にしたウミヘビ退治の合戦の始まりである。キワばあちゃんの神通力で近郷近在のカッパたちがおっとり刀で駆けつけたかと思えば、老いて〝妖怪〟に変身したオオカミや猿などの「ふったち（経立）」たちも縦横無尽に活躍する。遠い記憶の総動員……。舞台にくぎ付けになっているうちに、もうひとつの物語がよみがえった。

『遠野物語』111話の「ダンノハナと蓮台野《れんだいの》」と題する小話にはこうある。「昔は、六十歳をこえた老人はみんな、この蓮台野に追《お》ってやるならわしがありました。追われた老人も、むだに死んでしまうわけにはいきませんから、日中は里に降りて、農作業などをして暮らしを立てていました。そのために、いまでも山口、土淵のあたりでは、朝、田畑に働きに出ることを「ハカダチ」といい、夕方になって、野良《のら》から帰ることを「ハカアガリ」というそうです」（同口語訳）

私がいま入居している「サ高住」がさしずめ、この「蓮台野」に相当するのかもしれない。当年80歳の私のように死ぬまでに若干、間があるような〝元気老人〟のつかの間の「生ける場所」である。そう思って、あたりを見回してみたら……。あれっ、「ハカダチ」の気配はほとんどないではないか。111話の注釈にこんなことが書いてある。「境の神を祭る塚のある小高い丘をダンノハナ（共同墓地）といい、それと向かい合う場所に蓮台野があります。デンデラ野と呼ばれる姥捨《うばすて》の地でした」。施設の中はし～んと静まり返り、高齢の入居者の多くは食事以外は自室にこもりがちである。「もしや、ここは現代版デンデラ野ではないのか」――そう思うと、背筋にゾッと寒気が走った。

「あの震災から10年。やっとたちあがり一歩二歩と歩き出したのに、このコロナです。いまは立ち止まってますが、必ず次の一歩を力強く踏み出したい。踏み出せると信じています。そして『岬のマヨイガ』のお芝居が、その力になるだろうと確信しております」――。柏葉さんは今回の舞台化にこんなメッセージを寄せた。さて、この私はといえば、「ハカダチ」と「ハカアガリ」の間を行ったり来たりする苦悶の日々である。マスコミは連日、高齢者のコロナ死を伝えている。

「デンデラ野」残酷物語〔2・22〕

「食べ物の恨みは恐ろしい」――。げに「そのこと」を実感させられる日々である。「じじ・ばばが楽しく働く／じじ・ばば・若者・子供が楽しく集う／安全・安心の地場のものを食べる、そんなカフェです」。こんなホンワカとした宣伝文に誘われて、テーブルに着いた。運ばれてきたお膳を見て、感動に胸が高鳴った。生野菜つきハムエッグに焼き魚、納豆に煮物の小鉢と漬物。味噌汁が香ばしいにおいを漂わせ、湯気を立てている。ホッカホカのご飯は2杯までお代わりOKで、お値段はたったの350円なり。

大げさに聞こえるかもしれない、この〝感動〟物語の裏には実は「恨み節」がある。2年半前、妻に先立たれた私はコロナ禍の追い打ちでついに、独居自炊の生活を断念。昨年夏、妻の三回忌を済ますと同時に現在のサ高住に転居したことについては前に書いた。同じ花巻市内という地の利に加え、なんといっても「3食つき」という条件に飛びついた、はずだったが……。まるでお通夜のような食事風景と何よりも目の前に置かれた食べ物の品ぞろえに心底、「ゾッ」とした。たとえば、ある日の朝食は……枝豆のふわふわ豆腐、マヨ和え、味つけ湯葉、あっさり高菜にご飯とみそ汁で、こっちは500円なり。

入居時の「食事サービス契約書」には1日3食の食事提供を受ける対価として、月額48600円（うち、消費税3600円。朝食500円、昼食400円、夕食600円）を支払うことが定められ、当然のことながら、私自身もこれに同意している。さらに食事内容も〝湯煎料理〟というレトルトの食材を使用するという説明も事前にあった。まあ、これも老人向けの〝健康食〟かもしれないと甘んじることにしたが、べじょべじょに溶けそうなオヒタシや種類は違っても味つけは変わらない魚や肉の3食攻勢にはさすがに辟易《へきえき》するようになった。「あったかいご飯とみそ汁、それに漬物の切れ端さえあれば、それで十分だ」。戦時下の窮乏期に育った私はふいに、母親の言葉を思い出して合点した。「そうだ、ここに欠けているのは愛と心なのだ」と――。

そんな悶々としたある日、冒頭のカフェを見つけた。施設から車で5分ほどの近さである。契約通りの食費を払いつつ、私は2月から朝と昼をこの店で取るようにした。食事の中身や値段をことさら、言い募ろうという気持ちはさらさらない。だがその一方で、私はこの店で〝干天の慈雨〟をのどを鳴らしながら、飲みほしたような気持ちになったのも事実だった。「食こそが人権のかなめ」（食の民主主義）という言葉がある。施設側にすれば、私の自己都合（つまりは我がまま）と言いたいのであろうが、私にとっては自己防衛のための止むを得ざる選択である。

今月13日午後11時08分、福島県沖を震源とする最大震度6強の地震発生（当地は震度4）。泊まり勤務の男性アルバイトと声をかけ合いながら、入居者の安否を確認した。90歳前後の高齢の女性たちはベッドの上で恐怖におびえていた。私が普段から声掛けをしている88歳のYばあちゃんが翌日、パジャマ姿のまま、廊下を這いまわっているのに出くわした。うめくように言った。「地震がおっかなくて。おら、いつも一人ぽっちだ。食事も残せば怒られると思って、無理くり腹に押しこんでいる。おらはもう、ここから逃げ出したくなった」――。

「去るも地獄、残るも地獄」……〝人質〟という嫌な言葉が口からこぼれた。コロナ禍に翻弄される老人コミュニティーの闇を見せつけられる思いがした。人生の最後になるであろう〝人権〟闘争への宣戦布告をモグモグつぶやいている自分に一瞬、ぎくりとした。と同時に、それに向かって踏み出すであろう、もう一人の自分も予感していた。「たったひとりの人権も守れないお前の人生とは一体、何だったのか」と。人権を「侵害する側」と「侵害される側」との境界線が〝不分明〟の時代を、私たちは生かされているのかもしれない。

〝黙殺〟された公開質問状　〔3・11〕

「ひょっとしたら、これって〝人権〟侵害なのじゃないのか」と思っていたら、施設側から「いや、侵害されているのはこっちの方だ」と反論を食らった。こんな〝茶番〟がまかり通る騒動に巻き込まれている。コロナ禍の中、「理非曲直」をわきまえない言い分が世の中を闊歩《かっぽ》している。世も末の感がある。「理・非・曲・直」は奈辺《なへん》にあるのか。

施設の方向が逆行し始めた、と強く感じるようになったのは年が明けてからである。管理責任者や職員、あるいは厨房を担当する女性たちや夜勤担当の男性たちに対し、再三再四にわたって、運営面での改善策を要望してきたが、ほとんど「聞く耳」を持たないばかりか、周囲には〝敵意〟の包囲網が張り巡らされているとさえ感じるようになった。こうして私は次第にストレスをため込むようになり、ついに退去を決意せざるを得ない状況に追い込まれるに至った。

退去するに当たって、いちばん気がかりだったのは、この施設を「終《つい》の住処《すみか》」と定めた多くの入居者のことだった。私自身の微力ながらの改善努力は一顧だにされずに、逆に公開質問の手続きがまるで「唐突」であるかのような恣意的な物言い。この間、私がこうむった精神的苦痛に対する気遣いがないどころか、あろうことか自らを〝人権被害者〟に仕立てようとする狂態ぶり……。この倒錯した人権感覚に心底、恐れおののいた。こんな人物が〝福祉〟に携わっていることに戦慄さえ覚えた。だがその一方で、支離滅裂な言い分と目を覆うばかりの狼狽《ろうばい》ぶりをさらけ出した今回の「回答拒否」が逆に、事の真実を白日の下にさらしたという意味では「公開」方式は正解だったと考えている。

＊　　＊　　＊

〈資料2〉公開質問状（要旨）＝2021年3月1日付

わずか8カ月弱という短い期間でしたが、苦難の人生を生き抜いてきた高齢の仲間の皆さまと寝食をともにする機会を与えていただいたことに対し、心から感謝を申し上げます。さて今般、貴施設を去るに当たって、ここで得た貴重な体験をぜひとも今後の施設運営の改善に生かしていただきたく、以下についての見解を伺います。この地を「終《つい》の住処《すみか》」と定めた皆さまの最後の幸せを実現するための一助になれば……こんな切なる思いからあえて「公開質問状」の形を取らせていただきました。回答は3月11日（東日本大震災10周年）までに文書にてお願いします。なお、関係文書は自身のブログ「ヒカリノミチ通信」において、公開させていただくことをあらかじめ申し添えます。

朝日新聞社が行った調査では、2015年1月から約1年半の間にサ高住で発生した事故件数は3362件にのぼり、半数以上の1730件が自室での事故、そのうち991件が午後5時から翌午前9時と職員体制が手薄と思われる時間帯に起きていることがわかっています。また、事故の内訳は「骨折」（40％）、「けが・病気」（26％）、「薬の配布ミス」

（7％）、「徘徊・行方不明」（5％）、「その他」（15％）、「死亡」（7％）。さらに「死因」（230件）の内訳は「病気・衰弱」（36％）、「誤嚥《ごえん》」（16％）、「自殺」（10％）、「入浴中」（9％）、「転倒・転落」（7％）、「その他（死因不明）」（22％）などとなっています。実に1日に6件以上の事故が発生している計算になります。

大事には至らなかったものの、貴施設でも一歩まちがえば大事故につながりかねない「ヒヤリハット」が頻発しています。この8カ月弱で病気による長期療養、ベッドからの転落による手首の損傷、転倒による後頭部の強打、相次ぐ大地震（2020年12月21日と2021年2月13日）に伴うショック（転倒）による胸部の打撲、地震の恐怖心からと思われる廊下での這いまわり行為……。こうした深刻な事態を受け、国交省は4月から入退去者数や退去理由の公開を義務付けるなどの監視強化に乗り出すことにしています。その背景には入居者不足による倒産や廃業などによって、高齢者の余生が奪われることを未然に防止しようという狙いがあります。2019年度にはその数が過去最高の53件にのぼり、強制退去などのトラブルも懸念されています。

貴施設におかれても、こうした最悪の事態を回避するため、次の諸点について早急に改善策を施し、高齢入居者が悔いを残すことなく人生を全うできる環境を整えていただくよう、心からお願い申し上げます。誠意ある回答をお待ちします。

●貴施設の「生活の手引き&管理規程」には「入居者とは、概ね原則60歳以上の方で、自立・自活が可能な健康な方をいいます」と定められている。実際の入居実態との乖離《かいり》をどう認識しているのか。「多様性の尊重と自己責任の自覚」（理事長）という運営方針がこうした実態に即したものと考えているか。「高齢者住まい法」の体制（施設長を含めた職員5人）のままでの施設運営は厳密な意味で、〝違法〟状態と指摘されても致し方ないではないのか。

●入居実態との〝ミスマッチ〟があるとするなら、支援のあり方などを今後どう改善しようとしているのか。また、入居者と職員との間の〝互助関係〟（パートナーシップ）をどう構築しようとしているのか。さらに、介護施設化の現状下ではいわゆる〝元気老人〟との協働（コミュニケーション）が避けられないと考えるが、その具体的な手法についての考えを聞きたい。

●貴施設では「生活支援サービス費」（税別）として、月額2万円を徴収し「例えば、食事や健康面、趣味、人間関係など日常生活における入居の心配や悩みなどについては職員がいつでも相談に応じます」(「生活の手引き&管理規程」)としている。しかし、私はもちろんのこと他の入居者の間でもこうした親身なサービスを受けたことは一度もないという声が聞かれる。それどころか、〝人権侵害〟が疑われるような「言葉の暴力」——。この実態をどの程度、把握しているか。

●最近の相次ぐ巨大地震を受け、私はとくに夜間における「危機対応」のついてのマニュアルの作成を何度も要請してきたが、いまに至るまで反応はない。こうした危機に際しては当然のことながら、私自身も夜勤者と声を掛け合って、入居者の安否確認に回ってきたが、いつ襲ってくるか分からない〝余震〟の恐怖に眠れない夜を過ごすこともある。川口市が作成したサ高住の「危機管理マニュアル」(平成30年4月)にはこう書かれている。

「マニュアルの目的:サ高住に従事する職員は、日ごろの運営において、当該サ高住で起こりうる危機を未然に防止するように努めなければなりません。また、当該サ高住で危機が発生した場合には、第一に入居者の安心や安全を確保したうえ、迅速かつ的確な対応をとることが求められます。そのため、サ高住においては的確な状況把握や連絡網の作成など、初動対応に必要な体制を個別に整備しておく必要があります。このマニュアルは、市内のサ高住が、起こりうる危機に対して備えるための体制を構築する際に活用できるよう作成しました」

ここには危機管理の精神が凝縮されている。ただちに同種のマニュアルを作成するよう要求する。

●貴施設の「苦情処理細則」には「入居者は提供するサービスに関し、苦情を申し立てることができます。苦情を申し立てることにより、不利益な取り扱いを受けることはありません」と記され、「苦情処理の体制は入居者等が見やすい場所に掲示します」と明記されている。しかし、この種の掲示は施設のどこにも見当たらない。

「腹減って、ひもじっくって……。おら、歯がないども腹はすく。自販機で買ったサイダーをすきっ腹に流し込んでじっと、耐えるだけ。食い物で文句言えば、後がおっかね。だども、メシの量だけはもう少し、増やしてもらいて。毎日、死にそうだでば……」。ある男性入所者の悲痛な訴えに戦慄が走った。「苦情処理」という権利行使の正当性さえ知らされない〝沈黙〟の強制――。老人コミュニティーの闇に潜む「無法」を見せつけられる思いがする。この実態をどう説明するのか。

以上、5点についての回答を読ませてもらった上で、なお改善策が不透明な場合は人権擁護などに関わるしかるべき機関に対し、善処方を相談したい旨をつけ加えておきます。

（註）「夕食詰まり死亡／サ高住会社提訴」（2023年6月3日付「朝日新聞」岩手版）――。入所していた認知症の男性が食事をのどに詰まらせて死亡するという事故が発生。遺族は「安全配慮」に欠けたとして、盛岡市内の施設を相手に損害賠償を求める訴えを起こした。

第7章　ふたたび、彷徨の旅路へ

「庵野秀明」という〝修羅〟〔3・29〕

思考停止に追い込まれつつある〝コロナ脳〟をかち割るためには強烈な破壊力のあるアニメが一番というわけで、いま話題の『シン・エヴァンゲリオン劇場版』（庵野秀明脚本・総監督、2021年3月公開）をのこのこと観に行ったまでは良かったが……。いきなり、しょっぱなから脳天一撃の強烈パンチに見舞われた。「人類の浄化か再生か。はたまた神殺しか」――といった先入主はサラ・ブライトマンの美声が奏でる「主よ、人の望みの喜びよ」（バッハ）の冒頭BGMによって、あっけなく打ち砕かれた。それにしても、どうしていきなり……思い当たる節がある。それは5年前にさかのぼる。

東日本大震災と福島原発事故の記憶の風化が叫ばれ始めた、ちょうどその時期に符節を合わせるかのようにして庵野監督の『シン・ゴジラ』（2016年7月公開）が登場した。「巨大不明生物」（シン・ゴジラ）の正体は海底に捨てられた大量の放射性廃棄物を摂取して生き返った太古の海洋生物。その冒頭シーンにいきなり、宮沢賢治の『春と修羅』の原本が映し出された。地元の偉人伝説として、たとえば次のような印象的なフレーズは私自身の頭の奥にも刻印されている。

「いかりのにがさまた青さ／四月の気層のひかりの底を唾《つばき》し／はぎしりゆききする／おれはひとりの修羅なのだ」「雲はちぎれてそらをとぶ／ああかがやきの四月の底を／はぎしり燃えてゆききする／おれはひとりの修羅なのだ」――。当時、社会現象と化したこのアニメ映画をめぐって、「なぜ、ゴジラと修羅なのか」という〝意味論争〟が盛んに繰り広げられた。「放射能を生み出した人類に対するゴジラの報復ではないのか。監督はゴジラに対し、修羅を自認する賢治を仮託しようとしたのではないのか」というのが私の解釈だった。単純と言えばその通りだが、「この監督がなぜ唐突に〝心象スケッチ〟と名づけられた賢治の詩集を観客の前に投げ出したのか」。この意表を突く〝仕掛け〟についてはストンと落ちるものがないまま、いまに至っていた。

私は「3・11」10周年の3月11日……81歳の誕生日に当たるその日、8カ月間弱を過ごした地獄のような施設暮らしからの〝脱獄〟を試み、やっとのことで自宅に生還。日ながー日、イギリスのソプラノ歌手、サラ・ブライトマンのCDに聴き耽《ふけ》った。亡き妻が好きだったサラの透き通るような歌声に救いを求めたかったにちがいない。そんなある日、庵野監督の素顔に迫るドキュメンタリー番組がNHKテレビで放映された。父親が事故で片足を失ったという秘話を明かした監督はこう語った。「『欠けていること』が日常の中にずっとあって、それが自分の父親だった。全部が揃ってない方がいいと思っている感覚が、そこにある。そういう親を肯定したいという思いが、そこにある」。

「仏教八部衆のひとり、阿修羅を指す。一心不乱な狂ったような姿かたちから〝鬼神〟とか〝戦争神〟とも呼ばれる」――。修羅《しゅら》について、ウィキペディアなどはこう説明している。ハタと得心する気持ちになった。賢治がそうであったように、今回の「シン・エヴァ」では庵野監督自らが修羅そのものを演じようとしたのではないかと……。はじけるような心持ちで映画館に走った。

「人類補完計画」なるものがこの映画の最大のキーワードらしい。「魂と肉体の解放による全人類の進化と意識の統合による原罪からの解放……」。またぞろ、〝意味論争〟が百花繚乱の趣である。ふと、『シン・ゴジラ』を創造したと言われる学者の遺書めいた紙片が『春と修羅』のかたわらに置かれている場面を思い出した。「私は好きなようにした。君たちも好きにしたまえ」とそう書かれていた。『シン・エヴァ』の試写会の席上、庵野監督が「もう終わったから、オレは見ないよ」と会場を後にする姿を番組は伝えていた。「あとはこの映画を観たみなさんのご随意に」といった風に――。

コロナ禍の中で席に間隔を持たせた劇場はそれでも満席に近い状態だった。耳に残響音を残しながら、私は改まった気持ちでスクリーンから流れる「主よ、人の望みの喜びを」に聴き入った。サラの美声が前にもまして心地よく響いた。「人類とは永遠に補完し続けなければならない代物なのだ。欠陥品、それでいいのだ」。これが「ナゾ深き男」……庵野〝修羅〟のメッセージなのだと勝手に解釈した。「絶望せよ。だが、希望も捨てるな」――。幕開きの冒頭にこの宗教歌をさりげなく重ねた意図が少し、わかったような気がした。これも随分と自分に都合の良い解釈だと思いつつも、絶望の淵からすんでのところで救済されたという思いが募った。さて、この〝修羅神〟は三度目の正直として、今度は何をプレゼントしてくれるだろうか。

ひょっとしたら、それはコロナ神に対する〝敗北宣言〟だったりして……。

日本三大〝土人考〟〔6・1〕

「私がアイヌであることを意識するようになったのは、『あっ、犬が来た』という、いわれのない悪意ある言葉を浴びせられた、その瞬間だったのではないかと思います。それ以来、アイヌと和人（日本人）の違いは、私を捉えて離さなくなってしまいました。私はなぜアイヌなのか？　私はなぜ日本人と暮らしているのか。私が考える『アイヌ学』とは、アイヌも和人も関係なく、アイヌとは何かを共に考え、共に語り合う一つの場所をこの地上に開くことです」――。前に紹介したアイヌの古布絵作家、宇梶静江さんからこんな便りをいただいた。

「臥牛《ふしうし》」という地名が記憶の古層にこびりついている。当市に隣接する北上・更木《さらき》地方の小字で、まだ小学低学年だった当時、郷土史家を気取っていた遠い親戚のじいさまがこんなことを語ってくれた。「「うし」（usi）とは「多い」を意味するアイヌ語に由来している。この一帯に広大な牛の放牧場があったので、こう呼ぶようになったんではないか。東北には同じようなアイヌ語由来の地名があちこちにあるんだぞ。覚えておけ」――。新聞記者となって北海道勤務になった際、アイヌ取材にのめりこんだのも、定年を迎えてふるさとに戻ることになったきっかけも、どうも消すことのできないこの「臥牛」の記憶みたいなのである。

東日本大震災の記憶も忘却のかなたへと消え去り、コロナ禍の中での五輪開催がまたぞろ叫ばれる中、もう一つの詩集が世に送り出された。「2021年3月11日」発行の奥付のあるこの詩集は『夷俘《いふ》の叛逆』（コールサック社）。作者は2021年4月に85歳で死去した奥州市出身の詩人、若松丈太郎さんで福島県内で高校教師を続けるかたわら、近代の倨傲《きょごう》を指弾し続けた。遺作となった詩作に「土人からヤマトへもの申す」と題する作品がある。チェルノブイリ原発事故を視察した後に発表した詩「神隠しされた街」（1994年）は福島原発事故を予言していたとも評された。

米軍基地建設に抗議するウチナンチューに
ヤマトから派遣された警官のひとりが「土人！」と罵声をあびせた
ウチナンチューが土人だば
おらだも土人でがす
そでがす／おら土着のニンゲンでがす
生まれてこのかた白河以南さ住んだことぁねぇ
〈東北の土人〉〈地人の夷狄《いてき》〉でがす……

「土人」という罵声を浴びせられたのは『水滴』（文藝春秋、1997年）で芥川賞を受賞した作家の目取真俊さん（60）である。5年前、沖縄・東村の米軍北部訓練場周辺で抗議活動中、警備していた大阪府警の機動隊員から「触るな。土人」とののしられた。私自身、その前日にたまたま同じ現場に滞在していたこともあり、その一部始終の光景が頭に焼き付いている。代表作『魂込め（まぶいぐみ）』（朝日新聞社、1999年）は沖縄戦で両親を失った男の魂が肉体を離れて、海辺をさまよう記憶の物語である。そんな悲劇の歴史を背負わされたウチナンチュー（沖縄人）に向けられた「ヤマト」の心ない目線にハッとさせられた。考えてみれば、アイヌ民族もかつては〝旧土人〟と蔑《さげす》まれ、「蝦夷《えみし》」とも呼ばれた我が東北の先人たちも〝化外《けがい》の民〟と埒外《らちがい》に葬り去られてきた歴史を忘れてはいない。

沖縄・読谷村在住の反戦彫刻家、金城実さん（前出）に久しぶりにお見舞いの電話を入れた。「なんの、なんの。沖縄土人はそんなヤワじゃないぞ。そろそろ、全国の土人大集合の好機到来ということじゃないのか」と例のだみ声が返ってきた。そういえば、宇梶さんもこんなことを言っていた。「アイヌはね、コロナにはかからないの。ちゃんと、カムイ（神）として敬っているんだもの……。アイヌにとっては森羅万象（自然界）が全部、カムイ。だから、私たちアイヌはカムイに守られて生きている。その人間たちの余りの強欲にコロナのカムイも怒ったんだよ」。

「土人の記憶」はそうやすやすとは消えることのない、身体に刻まれた〝記憶〟の集積……決して、いやすことのできない傷痕の総体である。だからこそ、いま「アイヌ学」、いや「土人学」の再興が待たれる所以《ゆえん》である。宇梶さんの呼びかけに呼応したい気持ちがだんだん、強くなってきた。私自身、何か体の内に〝うずき〟みたいなものを感じる。

「十年一昔」という時間軸〔7・11〕

「（福島原発事故は）アンダーコントロール下にある」という〝ウソ〟の号令で始まり、復興五輪やコロナに打ち勝つなどという〝マコト〟しやかさを装った「祝祭」（東京オリパラ）が目の前に迫っている。コロナ禍に伴う緊急事態宣言発令下でのある種、狂気じみた光景を見せつけられているうちに「十年一昔」という言葉が反射的に口からもれた。100年という時間軸は逆に言えば、10年刻みの忘却の総量を指しているのではないか。そして、この忘却こそが「ウソから出たマコト」を操る巧妙きわまる装置ではないのか。

盛岡市在住の作家で歌人の「くどうれいん」さん（26）の最新作『氷柱《つらら》の声』（講談社、2021年）は東日本大震災で、〝被災者（地）〟とひとくくりにされ、あげくの果てにそっくり丸ごと記憶の風化にさらされた「忘れられた側」の物語である。主人公の「伊智花《いちか》」は盛岡市内の高校2年の時に「3・11」に遭遇した。以来、現下のコロナ禍までの10年間、それまで生かされ続けてきた人生をもう一度、自ら生き直そうという奔放な力強さを感じさせる作品である。被害が比較的に少なかった内陸部に住む伊智花は世間の無関心のただ中でもがき苦しむ〝被災〟の多様な実相に打ちのめされる。たとえば、祖父母と母と姉を津波で失った男性の、こんな悲鳴に似た声を……

「いろんな人が僕の人生のこと勝手に感動したり、感動してる人に怒る人が居たり、忙しいすよ。僕はただ暮らしているだけなのに。確かに僕の人生は感動物語として消費されてしまっているかもしれない。でも、考えてみると、ある日突然家族も家も全部なくしてしまった僕は、もうどっちみち美しい物語を歩むほかないんじゃないかって思ったりするんですよ。何を目指しても、敗れても、どうあがいても感動物語にしかならないんですもん……」。そして、伊智花はデパ地下のコロッケ屋でバイトしていた時の、先輩店員のこんな言葉にドキッとする。

「トゥーさん（筆者注：伊智花のニックネーム）サンイチイチにシフト入ったことないですか。わたしバイトはじめてすぐだったんですけどすごかったですよ。館内放送で『それじゃ黙とうするね、せーの』みたいなの流れて、それからの一分間。やとわれパートも、館《やかた》のひとも、お客さんも。ギャルも外国の人もおじいちゃんもおばあちゃんも家族連れも、みんなその場に固まって、目をつぶって。わたし、そわそわしてこっそり目を開けて顔も上げちゃったんですけど、全員ちゃんと目、つぶってました。わたしが泥棒だったらいまの隙にカートからお財布取れるなとか思っちゃうくらいみんな集中してたんですよ」

1年にたった1回の「喪《も》」の日の光景を思い浮かべながら、そういえば私自身も同じような〝不謹慎〟を繰り返してきたよな……などと思いながら、そぞろ読み進むうちにパっと目を見開かされるような文章にぶつかった。「んー、でもしょうがない。なるようにしかならないし、神様が振ったサイコロのことなら何を恨んでもなあって」。伊智花の大学時代の友人で福島出身のトーミ（崎山冬海）は震災後、ニューヨークに留学。そこで新型コロナウイルスによるロックダウンに見舞われた。ボーイフレンドの中国人は「中国ウイルス」という罵声を浴びせられた末に帰国し、トーミも郷里の福島へ。気が付くと、伊智花とトーミが久しぶりに交わす会話はまるで〝憑《つ》きもの〟が落ちたみたいに明るい雰囲気に変化している。たとえば——

「うん。ずっと、だれなのかわからないだれかの目を気にして、傷付かなければいけない、傷付かなかった分、社会に貢献できる人間でなければならないってがんばってた。わたしはいつのまのか『希望のこども』になろうとしてたんだよ」。こんなやりとりの中で、トーミがふともらした「神様のサイコロ」という言葉に私は引っ掛かっていた。「感動物語」とか「希望のこども」などという強制のくびきから〝被災者〟を解放したのはもしかしたら「他人事」（震災）から、だれもがその〝被災〟から逃れることはできないという「自分事」（コロナ）へと思考回路の変換を促した〝神様のサイコロ〟……「コロナ神」の思し召しではなかったのか――こんな妄想が広がった。

作品はこんな文章で締めくくられる。「まだすこし涙で潤んだ視界のなかで、窓の外には立派な氷柱が並んでいた。太いものや、細いものや、長いものや、短いもの。さまざまに違った氷柱はみな透き通って春の光を通し、静かに水滴を落としはじめていた。春だ」。

あの大震災から今日で丸10年4カ月……「十年一昔」を超えた。

『きみが死んだあとで』〔8・8〕

「戦争は平和である」（WAR IS PEACE）――。〝五輪狂騒曲〟を横目で見ていたら、ふいに英国の作家、ジョージ・オーウェルが代表作『1984』（1949年刊）の中で暗示したダブルスピーク（二重語法）の光景が二重写しになった。コロナ〝戦争〟が拡大の一途をたどる中、復興をかなぐり捨てて強行された〝平和〟の祭典・東京五輪がやっと閉幕した。矛盾した二つの意味を同時に表現し、国家の意図通りに世論を操作するこの語法……そう、オーウェルが全体主義を予言した近未来のディストピア小説が不幸にも目の前で現出するという歴史的な瞬間を私たちは忘れてはなるまい。

「18歳のきみが死んだあとで、彼らはいかに生きたか。きみの存在は、彼らをいかに生きさせたか。ある時代に激しい青春を送った彼ら＝団塊の世代の「記憶」の井戸を掘る旅」――。ドキュメンタリー映画『きみが死んだあとで』（2021年4月公開）は映画監督、代島治彦さん（63）のこんな思いが結集した作品である。54年前の1967年10月8

日、ベトナム反戦を訴えるデモの中で、当時京都大学1年生だった山崎博昭さんが機動隊とのもみ合いの末に命を落とした。芥川賞作家の三田誠広や詩人の佐々木幹朗、物理学者で元東大全共闘議長の山本義隆……。山崎さんが在籍した大阪府立大手前高校の同窓や先輩など14人にインタビューを重ねた。今年4月に上下巻3時間20分の映画にまとめ、その後に同じタイトルで書籍化された。

「戦争から平和へ」――。まるで何事もなかったように不気味な静けさの中で進行する時代の変貌のただ中にあって、代島さんはなぜ、記憶の忘却に抗《あらが》ってまで、その記憶を再生しようとしたのか。私はオリンピックの喧騒に耳をふさぎながら、満を持すような気持ちで400ページを超す大著を開いた。もう30年近くも前になるが、代島さんが総合プロデューサーを務めた第1作は沖縄戦の悲劇を下敷きにしたオムニバス映画『パイナップル・ツアーズ』（1992年公開）。沖縄の離島を舞台に繰り広げられる珍騒動をコミカルに描いた内容で、日本映画監督協会新人賞を受賞した。旧知の仲だった私は制作に同行取材し、チョイ役ながら〝出演〟の栄誉にも浴した。しかし以来、ずっと音信が途絶えたままだった。

「古い「記憶」をちゃんと埋葬する。埋葬された過去の「記憶」の土壌から未来の「記憶」の種子ができて、古い「記憶」が新しい「記憶」に新陳代謝する」――。『きみが死んだあとで』(晶文社、2021年)はこんな書き出しで始まっていた。「記憶を忘却の彼方に打ち捨てるのではなく、ねんごろに「埋葬」する」……『パイナップル・ツアーズ』を貫いた精神こそが映画つくりの原点であったことを改めて思い知らされた。14人の青春を追いながら、文中には代島さんの個人史「ぼくの話」8話が挿入されている。私はむしろ、「歴史の記憶」に同伴する覚え書き風なこのメモに興味を引かれた。たとえば、こんな「ぼくの話」――

「これは「記憶」をたどる映画である。「記憶」を「記録」すると、それは「記憶」ではなく「記録」になってしまうのだろうか。僕は「憶」を大事にしたい。「憶」＝①おぼえる。忘れない。②おもう。おもいだす。③おしはかる。「記録映画」ではなく「記憶映画」。人生とは「記憶」そのものである、と言い切ってしまってもいい」(第2話)、「もしもぼくが団塊の世代に生まれたとしたら、どんな青春を送っただろうか。もしもぼくが1967年10月8日に羽田・弁天橋で死んだ18歳の若者の友だちだったとしたら、どんな人生を歩んだだろうか」(第4話)

映画の冒頭、雨の中で山崎さんの遺影を顔前に掲げた代島さんの姿がクローズアップされる。「記憶の新陳代謝」を繰り返してきた、いまなお18歳のままの代島さんと故人となった山崎さんがまるで一心同体然として、そこに立っていた。そういえば、代島さんは「死は生の対極としてではなく、その一部として存在している」(『ノルウェイの森』)という同世代の作家、村上春樹のこの言葉を座右の銘にしていると、本のどこかに書いていた。

＊　＊　＊

6日(広島原爆)・9日(長崎原爆)・15日(敗戦)……また、「記憶と祈り」の8月がめぐってきた。コロナ禍の中での〝五輪狂騒曲〟の陰にかすんで、その輪郭はまるで漂白されたかのように定かではない。足元ではコロナ感染者が日々、最多を更新し続け、永田町界隈からは「コロナの政治利用」などという不届きなつぶやきがもれ聞こえてくる。戦前、知性派の映画監督として知られた伊丹万作のあの有名な檄《げき》「戦争責任者の問題」(昭和21年8月)の一節が耳の奥で激しくこだましました。

「つまりだますものだけでは戦争は起らない。だますものとだまされるものとがそろわなければ戦争は起らないということになると、戦争の責任もまた（たとえ軽重の差はあるにしても）当然両方にあるものと考えるほかはないのである。そしてだまされたものの罪は、ただ単にだまされたという事実そのものの中にあるのではなく、あんなにも造作なくだまされるほど批判力を失い、思考力を失い、信念を失い、家畜的な盲従に自己の一切をゆだねるようになつてしまつていた国民全体の文化的無気力、無自覚、無反省、無責任などが悪の本体なのである。……「だまされていた」といつて平気でいられる国民なら、おそらく今後も何度でもだまされるだろう。いや、現在でもすでに別のうそによつてだまされ始めているにちがいないのである」

パンデミックの「中秋の名月」〔9・21〕

「そういえば、今日は賢治の88回忌に当たる日だな」。まんまるなお月さんを仰ぎ見ようと思い立った矢先、その命日を失念していた自分に粛然《しゅくぜん》たる気持ちになった。銀河宇宙を遊泳し続けた宮沢賢治にとって、「月」はいつもその心象風景のど真ん中にあり続けた。

『月夜のけだもの』や『月夜のでんしんばしら』などの作品だけではなく、私はたとえば、『なめとこ山の熊』の次のような一節を無意識のうちに中天の「十五夜」に重ねていた。猟師の小十郎がクマたちによって、葬送される感動的な最終場面である。

「その栗の木と白い雪の峯々にかこまれた山の上の平らに黒い大きなものがたくさん環《わ》になって集って各々黒い影を置き回回（フイフイ）教徒の祈るときのようにじっと雪にひれふしたまましいつまでもいつまでも動かなかった。そしてその雪と月のあかりで見るといちばん高いとこに小十郎の死骸《しがい》が半分座ったようになって置かれていた。思いなしかその死んで凍えてしまった小十郎の顔はまるで生きてるときのように冴《さ》え冴《ざ》えして何か笑っているようにさえ見えたのだ。ほんとうにそれらの大きな黒いものは参の星が天のまん中に来てももっと西へ傾いてもじっと化石したようにうごかなかった」

「名月や／池をめぐりて／夜もすがら」（松尾芭蕉）、「名月を／取ってくれろと／泣く子かな」（小林一茶）……。「満月さん」というニックネームで呼ばれた亡き妻を思う時、私は決まってこの名句を思い出していた。しかし、今夜はどうもいつもと心持ちが違うようなのだ。「賢治なら、コロナ禍の地球をどんな思いで描写したのだろうか」。闇が濃くなるにつれ、雑草にすだく虫たちの声も一段と大きくなり、冷え冷えとした秋の風が体を突き抜けていく。この日、イーハトーブの夜空は分厚い雲におおわれ、8年ぶりに満月と重なった「中秋の名月」は時たま、気まぐれのように顔を見せるだけ。まるで〝隠れん坊〟みたいなその仕草が逆に、いたずら好きの賢治を彷彿《ほうふつ》させるのだった。

第2部

男やもめの〝八起き〟

——叛逆老人は死なず

第8章　前哨戦——政治決戦の幕開け

新しい首長を決める花巻市長選が2022年1月16日に告示され、前市議会議長の小原雅道氏（61）と現職の上田東一氏（67）の二人による一騎打ちの選挙戦の火ぶたが切られた。挑戦する側の新人、小原候補は後援会事務所前で第一声。「市政にとって一番、大切なのは心。トップダウンから市民総参画の市政へ」と約350人の支援者を前に檄《げき》を飛ばして、いざ出陣。私は数人の仲間と小原候補を支援する〈勝手連〉——「『イーハトーブ』の実現を目指す花巻有志の会」（資料参照）を立ち上げ、市政刷新を訴える小原陣営に密着取材した。

〈資料〉銀河の郷、輝く未来へ（趣意書）

——私たちはいま、まるで「夢」を語ることを忘れてしまったかのような不気味な静寂の中にいるような気がします。コロナ禍のせいもあるのでしょうが、「物言えば唇寒し……」といった何か得体のしれない空気が周囲に張りめぐらされているような、そんな錯覚におちいる時さえあります。「わたくしといふ現象は／仮定された有機交流電燈の／ひとつの青い照明です」――。宮沢賢治は代表作『春と修羅』（序）の中にこんな不思議な言葉を残しています。この言葉に触れ、分子生物学者の福岡伸一さんは最近、共著の中にこう書きました。

「『春と修羅』には、コロナ禍におかれた私たちが文明社会の中の人間というものを捉えなおす上で非常に重要な言葉が書かれている。まず、冒頭で『わたくし』は『現象』だと言っている。これは『わたくし』という生命体が物質や物体ではなく『現象』である、それはつまり自然のものであるということ。ギリシャ語の『ピュシス』は『自然』を表す言葉で、賢治のこの言葉は本来、生命体はピュシスとしてあるのだということを語りかけているように思う」（『ポストコロナの生命哲学――「いのち」が発する自然（ピュシス）の歌を聴け』２０２１年9月刊、要旨）

コロナパンデミックの謎を解く水先案内人が、奇しくも賢治だという福岡さんの視点にぐいぐいと引き込まれてしまいました。そう、足元には銀河宇宙を股にかけた「賢治」がいるではないか、と。

当市は将来都市像として「市民パワーをひとつに歴史と文化で拓《ひら》く／笑顔の花咲く温《あった》か都市《まち》／イーハトーブはなまき」――の実現をスローガンに掲げています。いうまでもなく、「イーハトーブ」とは賢治がエスペラント風に表現した言葉で、「ドリームランド」（夢の国）を意味しています。また全国で唯一、固有名詞を冠した「賢治まちづくり課」を設けています。しかし、これまでの経緯を見ると、イベント開催に偏重したきらいがあったのではないか。「賢治」がなぜ、宇宙規模での影響力を発揮する存在になり得たのか。私たちはいわゆる〝賢治精神〟の原点に立ち返りながら、本当の意味での「イーハトーブ」の実現を目指したいと考えています。もう私たちの〝夢物語〟はスタートしています。

たとえば、懸案の市政課題である「駅橋上化」については――。ステンドグラスで装飾された瀟洒《しょうしゃ》な駅舎は東北の「駅百選」に選ばれ、駅周辺に広がる「風の鳴る林」や「銀河ほっぽ」（からくり時計）、巨大壁画などは賢治の物語世界を彷彿《ほうふつ》させるとして「都市景観大賞」（景観百選）にも輝いています。橋上化によって、駅舎が撤去されることになれば、せっかくの「レガシー」（遺産）は失われてしまいます。

私たちは子々孫々のためにこいねがいたい。現在のＪＲ花巻駅はそのまま残し、隣接する地下道には賢治童話をイメージしたメルヘンチックな空間を創出し、「銀河鉄道始発駅」みたいな雰囲気のまちづくりを目指したい、と。「国境の長いトンネルを抜けると雪国であった。夜の底が白くなった」（『雪国』）。ノーベル賞作家、川端康成の有名な書き出しを借用すれば、こんなイメージになるのでしょうか。「花巻駅に降りたら、賢治さんが目の前に立っていた。そこは銀河宇宙への入り口だった」

私たちは次期市長選に向け、こうした見果てぬ夢にも「聞く耳」を持つ候補者を支援していきたいと考えています。ワイワイガヤガヤ、知恵を出し合う楽しい場をつくろうではありませんか。

２０２１年10月晩秋

設立代表人　元花巻市議　増子義久

ドキュメント「まさみちが往《い》く」

●初日（2022・1・16）

10：51　地元東和町中心街の沿道約100㍍を埋め尽くした200人以上が拍手と歓声で迎える。リーフレットをかざしながら、手を振る住民たち。マフラーをグルグル巻きしたおばあちゃんが雪に埋もれそうになりながら、何かを叫んでいる

11：07　山道に入った。人影が薄くなり、「まさみちです」という雄叫びだけがはね返ってくる。カラスたちが空を舞っている

11：18　バス停に頬かぶりしたおばあちゃんがひとり。まさみちさんが選車を飛び出して、グータッチ。コロナ禍の中で登場した新しいスタイルがお年寄りの世界でも当たり前に

11：38　沿道の民家からガン、ガンと窓をたたく音が……家族が総出で万歳ポーズ。厳寒の中で心のこもった応援に感謝感激

13：27　東和町を出て、大迫町へ。道中は人家がまばら。それでも、まさみちさんの訴え

の力は衰えを知らない。「だって、人間だけでなく、自然もおんなじ仲間だもん」
――まさみち選車の堂々の行進

12：45　大迫町到着。霊峰・早池峰のふもとで第一声。「この地には伝統の神楽もワインもある」。まさみちさんの演説も絶好調に

15：14　石鳥谷町での第一声。「耳を傾けるべきは、この足元の現場にこそある」――だんだん良くなる法華の太鼓

16：00　雪払いのおばあちゃんを見つけた智香子夫人が「ストップ、ストップ」。婦唱夫随のグッドタイミングにおばあちゃんも思わず、ニッコリ。「頑張ってや」

16：09　今度はまさみちさんがウグイス嬢に促されて、すたこらさっさ。走る、走る。まさみちさんが走る。立場が逆転した夫唱婦随の選挙戦の本格スタート。雪がひとしきり、激しくなってきた

16：17　選車と先導車の窓は手振り用に開けっ放し。「冷蔵庫の中の方がぬくいな」と運転手さんのひとり言。それでも、ウグイス嬢は腕を突き出して、「ありがとうございます」。かたわらの先導役の男性は「女性は強いな」

16：59　宮野目公民館で支援者が首を長くして待っている――という緊急連絡。連絡の手

違いと雪の悪路の中で1時間の遅刻。でも、残ってくれていた人たちは笑顔で迎えてくれ、あちこちでグータッチの輪が。降りしきる雪の中、午後6時すぎに無事、事務所に帰着。まずはどんど晴れの初日

●2日目〔1・17〕

8：14　選挙戦2日目の第一声は食品加工場の敷地内。従業員を前に地元企業の底上げについて、「となりの北上市に人口が抜かれ、県内5位に転落した。でも、私は悲観していない。お互いの長所を生かした〝仲良し連合〟を築いていきたい」。近くの工業団地内では出勤途中の従業員たちが窓を開けて、手を振る姿が……

8：48　看板屋さんの前で、二人の男性がいまや遅しと待ち構えていた。奥の玄関から父親らしい男性がよろけながら出てきた。同乗の後援会幹部の知り合い。「頼むじゃ、な」

9：22　まさみちさんの神出鬼没ぶりは相変わらず、健在。支援者の会社の駐車場に空きがあるのを見つけると「ちょっと、止めて」。マイクを握ったとたん、女子従業員たちの黄色い声援。思わず、ほっこり

9：51　開店直後のスーパー。買い物に訪れた中年の女性が車を降りて、駆け寄った。「(駅橋上化に)38億円もかける意味はあるのか」。身をかがめながら、訴えに耳を傾けるまさみちさん、近くに住む子どもも加わっての談笑のひと時。「聞く耳」の面目躍如

10：00　住宅街の一角。上の方から「がんばれ」の声。見上げると、雪下ろしの男性二人組

10：29　街角のコンビニの駐車場を拝借しての決意表明。ふと気が付くと「恵方巻」のノボリがヒラヒラ。なんとも縁起が良いこと、コンビニさん、ありがとう

10：41　事務所近くのスーパー前で街宣。先導車に同乗した市議が絶叫型の応援演説。思わず、「聞こえますか」と事務所にラインメール。「聞こえましたよ」と即返信

11：23　まさみちさん旧知の自動車工場の経営者とばったり。長年、市の防災委員として貢献。「オラも歳だがら、早く市長になって市政功労で表彰してくれや」と破顔一笑。まさみちさんもつられて、ガッツポーズ

11：43　久しぶりの晴天に恵まれ、キラキラと輝く雪原が目にまぶしい。留守番役のお年寄りたちが遊説の声を聞きつけて、あちこちで手を振っている。脱兎のごとくに駆け

寄るまさみちさん。日に日に足が速くなってきた

12：45　午後最初の街宣は保育園の近く。先導車で向かうと「いまはお昼寝タイムだから、ダメ」とウグイス嬢。さすが、子育て経験が豊かなベテラン

14：10　シルバー人材センター近くで街宣中、職員3人が建物から飛び出してきた。突然の街宣を怒られると思いきや「理事長と専務が不在で、ご挨拶ができなくって。頑張ってくださいね」。女子高校前を通過中、今度は「がんばって」という黄色い声援が校舎の一角から。「清き一票をよろしく」と大声で応答

15：17　旧花巻市の中心市街地のど真ん中。老舗書店があった場所にはいま、「3・11」の被災者が住む災害公営住宅が建っている。併設のコンビニが負担すべき共益費を被災者に肩代わりさせていたという不祥事は記憶に新しい。この一帯には現市政の〝負の遺産〟が集中している。「住民参加の市政を」――。まさみちさんの弁舌に一段と力が入る

15：34　スーパーの買い物客にねらいを定めた街宣中、遺族会の地区会長を務めているという老人が帽子を脱いで近づいてきた。「終戦の日はいつも心のこもったご挨拶をいただきありがとうございました。今度は必ず、市長さんになって、花巻を変えてくだ

さい。あなたにはそれができる」。まさみちさんも最敬礼

17：00　この日の街宣先導は終わり。地球から最も遠くに見える満月（ウルフムーン）が中天の夜空にポッカリと浮かんでいる。「幸福」を問い直す日に当たるのだという。そう、「本当の幸せ」を選択する運命の日が5日後に迫っている

●3日目（1・18）

猛吹雪に見舞われた18日夕、花巻市の西南地区で一台の軽乗用車が路肩の雪だまりに突っ込み、動けなくなっている場面に遭遇。まさみちさんがすかさず選車を飛び出すと、4人のウグイス嬢と運転手さんがこれに続いた。事態の急変に気がついた先導車の私を含めたSNS班（広報担当）3人も雪道に足を取られながら現場へ。陣頭指揮をとる「トップ」がそこにいた。

「スコップ、スコップ。シャベルでもいいぞ」。トップこと「まさみち」さん自らが雪に埋まった前輪周辺の雪をかきだしている。「それ、押せ、もっともっと」。総がかりで重心をかけると、車体が少しづつ動き始めた。「最後の運転はオレにまかせろ」とまさみちさん。選挙のタスキがけのまま、運転席に乗り込むとす〜っと、車体が動き出して脱出に成

功。「自力で脱出したぞー」と得意満面の当事者のかたわらで、お年寄りがしきりに頭を下げている。近所の住む84歳の男性で、「買い物に行く途中、急にハンドルを取られた。選挙、がんばってください」

「見て見ぬふりはできないという性格。悩み事にはもう一直線」と智香子夫人。まさに、そうだった。もう〝脱兎〟のごとくに一直線……。目の前のこの男は首長になるための〝予行演習〟をしているのではないかと心底、そんな気持ちに

「子どもたちには夢を　若者には希望を　お年寄りには安心を」、「誰ひとり取り残さない！　優しさを後回しにしない！」（リーフレットから）――。それにしても、〝公約〟を前倒しして実行するなんて、まさみちさん、ちょっと格好良すぎじゃありません。こうなったら、一日も早く「小原市長」の雄姿を見たくなるのが人情というもの

●4日目（1・19）

8：30「センセイ、センセイ」と呼ぶ声。私が障がい者施設の園長時代、入所者のひとりだった「まきちゃん」。お母さんも顔を出し、がっちり握手。「障がいのある方が笑

顔いっぱいのまちをつくります」とまさみちさん

9：25　昨日とは打って変わっての晴天。しかし、この日中でも気温は零下12度。地元の東和町に近づくにつれ、熱気が伝わってきた。沿道を埋めた住民はざっと50人。白雪に照らされて、みんなの目もキラキラと輝いている。まさみちさんも気合十分。さぁ、行け「まさみち号」

10：14　東和町田瀬地区で街宣。「ここで初めて口にしますが、元町長の父は寝ても覚めても田瀬ダムの行く末を気にしていました」とまさみちさん。十数人の住民は〝父親秘話〟に身を乗り出して、聞き入った

10：25　まるで、墨絵のような雪景色、雪布団をかぶった棚田もまた格別。「昔、このあたりには〝隠し田〟がたくさんあった。年貢を免れるための百姓の知恵。山からの水も豊富だったから」――車中のこんな会話も楽しみのひとつ

11：02　東和町下浮田地区の田園地帯。雪原のてっぺんで、頬かぶりしたおばあちゃんが雪かきの手を休めて両手でバンザイ。辛口評定で知られる運転手さんが自信たっぷりに言った。「いまの瞬間で決まった。（投開票日の）23日はハッピーデーになる」

11：37　大リーグ菊池雄星投手の伯父さんが除雪機の運転を止めて、待ち構えていた。

花巻市長選で

「いやぁ、こっちこそ、雄星さんから勇気と元気をもらったんです」とまさみちさん。行政区長を務める伯父さんはただ、ニコニコ笑っているだけ

11：54　高台で雪かきシャベルをグルグル回しての応援メッセージ。「まさみち」コールに包囲されているような、そんな気分に

12：46　「おめさんが38歳で市議になった時から、ずっと見てきた。市長に出ると言った時は正直、びっくりした。んだども、おめさんの偉ぶらないところが、オラは好きだ」。支援者のこの言葉に今度はウグイスさんが感激、マイクの声が涙声に

15：13　花南地区を遊説中、沿道のあちこちからグータッチを求める手招きが……。この

作法はコロナ禍がもたらした数少ない恩恵なのかもしれない。一目散に駆け寄るまさみちさんを見ながら、「選挙とは実に健康増進のための運動なのだな」と別のことを考える

16：16　賢治教育に力を入れている南城小学校の下校隊列に遭遇。きちんと挨拶をして、「ガンバって」の大合唱。さすが

●5日目（1・20）

大寒入りした20日2時半すぎ、霊峰・早池峰山のふもとは突然の猛吹雪に見舞われていた。マイクを握るまさみちさんの頭はあっという間に〝雪頭巾〟になり、集まった約30人の支援者たちも屋根付きの建物の下に緊急避難。「ユネスコ文化遺産の神楽も元を正せば、自然への畏敬《いけい》から生まれた。この財産を地域再生のいしずえに」とまさみちさんが力説すると、全員が「ガンバロー」の雄叫び

この日の街宣がスタートした直後の午前9時すぎ、石鳥谷町八幡の農道で雪の中に脱輪している車を発見。2日前に続く2回目の救出作戦が始まった。まさみちさんを先頭に全員がダッシュ。スコップで雪をかきだし、みんなで押せども今回は脱出に失敗。「先があ

るので……」と言ったのは実は当方の口ではなく、相手だった。「スケジュールが詰まっているると思う。選挙、がんばってください」と逆に激励

体の芯が冷え切った。〝救いの神〟はこんな時を見計らったように現れる。「これもっていげ。熱いがらやけどするなよ」と近くの農家の夫婦がほっかほかの焼き芋を差し入れ。「まで、沖縄にも出荷している自慢のコシヒカリだ。うめぞ」と今度は米袋を担いできた。まさみちさんも「あったかいご飯をいただきます」と選車のトランクへ

「選挙運動って、こんなに厳しいものだとは想像できなかった」と立花悠さん(28)。花巻市内でタクシーの運転手をしている。「若い世代の話にも耳を傾けるという候補者に共鳴した。でも、腕が凍りそうで……」。ドア全開の先導車に初乗りした立花さんは今度はグータッチ攻勢にびっくり。「選挙って、人の心も動かすんですね。この一帯を〝グータッチ〟街道と名づけたいですね。22日の最終日まで年休を取って参加します」とニッコリ

●6日目(1・21)

8:25 花巻市内でもコロナ禍が拡大しつつある。そんな中での選挙戦。新しい市長には未来に向けた文明論的な思索も求められる。6日目の街宣スタート

8：53　開店前のスーパーの前。聴衆はおじいさんがひとり。しかし、まさみちさんは語りかけるようにマイクを握る。「行政を進めるうえで欠かせないのは、車のエンジンともいえる職員たちです」。本日第1号のグータッチも

9：43　焼き肉店の前で地元紙記者が密着取材。「勢いがありますね」という言葉に意を強くするも「油断は禁物」と言い聞かせる

9：53　先を急ぐ女性が車中で「ウンウン」とうなづきながら、通り過ぎる。応援の手法もだんだん、多彩になってきた

10：27　大型スーパーの駐車場。新幹線・新花巻駅の開業をテーマにした映画『ネクタイを締めた百姓一揆』に、まさみちさんは公務員役で出演している。「あれっ、小原さん？」とひとりの女性が近づいてきた。同じ映画にチョイ役で出たのだという。元〝俳優〟同士の劇的な再会。「少し、痩せたんじゃない。ご飯をちゃんと食べてる？とにかくトップになってくださいね」

11：38　花巻駅東口。現市政が計画する駅橋上化によって、東北駅百選にも選ばれている現駅舎は撤去されることになっている。「こんなことが許されますか」とまさみちさん。ふと見上げると、駅前のホテルの上階から万歳「メッセージ」を送る人影が……

12：18　フェアトレードの店を経営する女性店主が客の手を引っ張って、飛び出してきた。自分の機関紙に応援メッセージを載せたのが縁。「勝利以外にない。ガッツポーズの記念写真を撮って」。ハイ、ポーズ。パチリ。まさみちさんを真ん中にみんな破顔一笑

14：32　北上街道とも呼ばれる一角。昨年12月、当市の人口がとなりの北上市に抜かれて第5位に転落。大手半導体メーカー「キオシクア」の誘致効果が顕著な隣市との友好連携へ。演説にも一段と力が入る

14：59　ブー、ブーという音に振り向いてみると、車の窓を開けて手を振っている。ついに新手の「クラクション」応援も登場

15：57　道路をはさんだ郵便局の前で、局長さんが腕を丸めて「ＯＫ」マーク。こっち側では通りがかりの女性が「娘が小原さんと高校の同級生だって」「えっ、お名前は？」。お年寄りも加わり、しばしの路上歓談に花が咲く

16：51　生協など大型店が軒を並べる「きらきらモール」の駐車場。身じろぎもしないで聞き入る女性がいる。「きらきらと輝く、夢のようなまちをつくってほしい」

17：16　信金支店前。体が凍りつきそうな寒さ。「こんな真冬の選挙なんて一体、だれが

決めたのか。まさみちさん、次からは春か秋の選挙にしてくれんかな」とひとり毒づく。選挙戦はあと1日――

●最終日〔1・22〕

今回の花巻市長選を〝密着〟取材しようと思ったのは、現場抜きの原稿はあり得ないという職業病（記者根性）のせいもあるが、何か予兆とか予感めいたものを感じたからでもある。その正体を知りたいと思った。

「まさみち」さんこと、立候補者の小原雅道氏の弁舌が選挙戦中盤から微妙に変化してきた。「市職員こそが車のエンジン」「ワンマンとリーダーシップは違う」「どこでも、賢治さんを感じることができる町に」……。「公約」の棒読みから次第にアドリブが多くなってきたからである。「自分でもよく覚えていない」とまさみちさん。だから、本物なんだと私は納得した。仮衣装を脱ぎ、ひょいと素顔が表に飛び出した瞬間だった。無意識こそが〝進化〟をもたらすの謂《い》いである。

素顔は素顔を呼ぶ――。終盤戦、周囲の状況にも次第に変化が見られるようになった。たとえば、「手振り」――。最初は手のひらを遠慮がちに動かすだけの仕草だったが、それが両手の動きに変わり、最後は大きな輪を描く「OK」マークに。まさみちさんに向けられる身ぶり手ぶりがどんどん、大胆になっていった。つまり、双方の距離が次第に狭くなっていくのを実感したのである。

「予兆」とか「予感」はこうした変化の中から生まれた。私は市議2期目のスローガンに「いざ、『イーハトーブ』の建国へ」――を掲げた。いま考えて見ても、大層なお題目ではあるが、その建国事業がこの1週間の選挙戦の中で少し、実現に向けて動き出したと感じたのである。何度もくどいように触れてきたが、「イーハトーブ」とは〝夢の国〟(ドリームランド)を夢想した宮沢賢治の造語である。小原氏の政治理念は賢治が生涯、追い求めた「本当の幸せとは何か」というテーマと見事に通底している。

私はこの市長選に〝イーハトーブ・ルネサンス〟の夢を託していたような気がする。花巻の未来を決するであろう、この大事業に実際に着手できるかどうか――23日に決まる。

花巻市長選で新人「まさみち」さん、敗北　(1・23)

2万2676vs2万7792――。夢は一夜にして、暗転した。新旧の一騎打ちとなった花巻市長選は23日投開票され、現職の上田東一氏（67）が新人の前市議会議長、小原雅道氏（61）に競り勝ち、3選を果たした。小原氏を支持し、その勝利を確信していた私は選挙戦最終日、先導車の中から次のようなラインを発信していた。

「足下に何か、地殻変動みたいな予兆を感じる。そのシグナルは町いく人たちの、ちょっとした仕草の変化である。まさみちさんに向けられる身ぶり手ぶりがどんどん、大胆になっている。身震いするような感覚。『イーハトーブ』（夢の国）への第一歩を踏み出しているのかもしれない」――。そして、一夜明けた翌日、「強権支配」とパワハラ〝疑惑〟にまみれた現職に敗北するという、まさかの屈辱に打ちのめされた。「勝負は水もの」という言い古された俚言《りげん》に逆らうようにふいに口をついて出たのが、宮沢賢治の「花巻農学校精神歌」だった。

「日ハ君臨シ／カガヤキハ／白金ノアメ／ソソギタリ／ワレラハ黒キ／ツチニ俯《ふ》シ／マコトノクサノ／タネマケリ……日ハ君臨シ／カガヤキノ／太陽系ハ／マヒルナリ／ケハシキタビノ／ナカニシテ／ワレラヒカリノ／ミチヲフム」

分厚い雪に埋もれたイーハトーブの大地に2万792粒の「マコトノクサノタネ」が蒔《ま》かれた。今回の市長選で敗北した小原氏が雪中を這いまわるようにして蒔いた、ひと粒ひと粒である。私自身、その「マコトノクサノタネ」のひと粒たらんと欲す。2万792粒の「タネ」たちはいま「ケハシキタビ」の中途にいるが、やがて萌芽をへていっせいに花を咲かせるにちがいない。「種蒔《ま》く人」(ミレー)がいなければ、花は咲かない。「イーハトーブ」のミレーはまさみちさん、その人だった。立春はもう目の前に迫っていた。

第9章　二つの〝戦争〟の狭間《はざま》から

花巻版「見張り番」――さらば！　おまかせ民主主義〔2022・2・19〕

熾烈を極めた花巻市長選から早や1カ月、今月25日からは上田「3選」市政が本格スタートする。どんな市政運営が展開されるのか注目されるが、有権者の半数近くが無関心を決め込む現状には大きな不安もつきまとう。「さらば！　おまかせ民主主義」（花巻版「見張り番」）の設立を目指して、以下のような趣意書を作った。民主主義はまず、足元の議会傍聴から……こんな思いからである。

〈資料〉設立趣意書

3期目を目指す現職と変革を求める新人との一騎打ちとなった花巻市長選は僅差で、現職が競り勝ちました。一方、投票権の行使による正当な選択とはいえ、その実態は民主主義にはほど遠いものではなかったかという思いにとらわれています。どうしてでしょうか。

今回の市長選当日（1月23日）の有権者総数は8万84人で、最終投票総数は4万3722票。実にこの差し引き3万6362票が棄権による〝死票〟になったことになります。さらに、投票率も前回（2014年）の63・25％から54・60％と8・65％も減少しました。コロナ禍の中での選挙戦とはいえ、わずか半数余りの有権者の選択による「市政運営」が果たして正常に機能すると言えるでしょうか。

「私たち市民の無関心が結局はこの結果につながったのではないか」。今回の選挙戦を教訓にし、「さらば！　おまかせ民主主義」（花巻版「見張り番」）と名づけた〝監視〟装置の立ち上げを呼びかけることにしました。互いに監視し合う立場にある「二元代表制」（当局と議会）の当事者双方を今度は〝市民の目〟で監視しようという試みです。果たして、議場の内部が密室化していなかったのかという思いも強いからです。

「みんなで議会を傍聴しよう」――。とりあえずのアクションは2月25日から20日間の日程で開会される花巻市議会3月定例会がターゲットです。主な日程は3月1日から3日間開催の議員による一般質問と3月9日から3日間開催の予算特別委員会です。私たちの税金がどう使われ、どう政策に反映されるのか。さあ、みんなで議会の傍聴席に参集しようではありませんか。「おまかせ民主主義」にさようならを告げるために……

2022年2月19日

ウクライナ危機と東日本大震災〔3・11〕

ジェノサイド（大虐殺）の予感さえ漂うウクライナ危機の中で、日本は東日本大震災の大災厄から11年目を迎えた。82年前のこの日、私はあの大戦へと向かう暗い時代のただ中で「生」を受けた。まるで、呪《のろ》われたような〝出自〟に時折、ハッとすることも。その面影さえ記憶にない父親は結局、戦地から戻ることはなかった。そしていま、私はテレビが伝える海の向こうの戦禍の惨状を目で追いながら、瓦礫《がれき》の荒野と化した沿岸被災地の写真を繰っている。すっぽりと重なり合うその光景に改めて、おののいてしまう。

世紀末のようないまの時代をこれから、どうやって生きていったらよいのか。逡巡《しゅんじゅん》する気持ちが行ったり来たりする。「な～に、これまで生かされてきたんだから、いまさら死に急ぐ必要はないさ」。大国による軍事侵攻（戦争）やコロナパンデミック、地球温暖化と猛威を振るい続ける自然災害……。「もう少し、生き抜いてみようじゃないか」。82年前と何が変わったというのか。何も変っていないではないか。いや、むしろ醜悪に、だから……。

もうひとつの「難民」物語 〔3・18〕

105年前、さかのぼれば現プーチン政権の生みの親でもある「ロシア革命」（1917年）で、祖国を追われた難民の群れがあった。その数ざっと200万人。日本に亡命した〝白系ロシア人〟のひとりが不世出の大投手と呼ばれたヴィクトル・スタルヒン（1916～1957年）である。1934（昭和9）年、結成されたばかりの大日本野球倶楽部

（巨人軍の前身）に入団。303勝176敗の生涯記録のうち、83回という完封記録はいまだに破られていない。そのスタルヒンの墓が秋田県横手市雄物川の崇念寺（高橋大我住職）にある。今回のテーマはスタルヒンその人ではなく、高橋家をめぐる数奇な運命についてである。

革命軍と白軍（皇帝派）の激しい衝突が続く中、特務機関で通訳として働く一人の日本人がいた。大我さんの父親、義雄である。軍務を離れた義雄は「哈爾浜（ハルビン）奉仕同盟会」を立ち上げ、その目的に「露国飢民救済援助の件」を掲げた。僧職を弟にゆだね、画家を目指して出奔《しゅっぽん》した人生の転機だった。難民救済に心を砕く義雄は1919（大正8）年、家族と生き別れとなって放浪していた「アントニーナ」（愛称、トーシャ）と結婚した。バレリーナやバイオリニスト、歌手、曲芸師……。1923（大正12）年に日本へ戻る時、義雄は20人以上の亡命者と一緒だった。「ボルガ大演芸団」を組織した義雄は帰国後、九州や関西の巡業を続けたが、1968（昭和43）年に病没した。

30年以上も前、私は〝青い目〟の住職、大我さんにお会いしたことがある。「なぜ、ここにスタルヒンが眠っているのか」という素朴な疑問からだった。両親の義雄・トーシャさんの間には6人の子どもがいた。大我さんは四男で、長女の久仁恵さん（ロシア名、ターニャ）がスタルヒンの再婚の相手だった。「至誠院釈完闘不退位」という戒名を刻んだ墓石の上には白球をかたどった石が置かれていた。大我さんの言葉がまだ、脳裏にこびりついている。

「母が寺の近くの雄物川のほとりにたたずむようになったのは、父（義雄）を亡くしてからです。母の生家のすぐそばにはボルガ河が流れていたそうです。ロシア語を決して口にしなかった母でしたが、いつしか哀調をおびたロシア民謡を、祖国の言葉で口ずさむようになっていました。息を引き取った時、枕もとには小さなマリア像が置かれていました」。母親のトーシャさんが旅立ったのは1979（昭和54）年だが、姉のターニャさんは父親が没した3年後に自らの命を絶っている。

トーシャ、ターニャ……そして、生涯無国籍だったスタルヒンは引退後の1957（昭和32）年、不慮の交通事故で死んだ。40歳の若さだった。そしていま、難民ロシア人の血を引く日本人住職が歴史に翻弄《ほんろう》された人たちの弔いを続けている。ウクライナ難民が300万人を超えたと伝えられる。ロシア革命の時、着のみ着のままで祖国を後にした当時のウクライナ人はいままた、新しい祖国を追われつつある。1世紀以上も前のもうひとつの

「難民」物語がその光景に重なる。

映画『ひまわり』とチェルノブイリ、そして父の死〔3・28〕

「ドイツ軍の命令で穴まで掘らされて。ご覧なさい。ひまわりやどの木の下にも麦畑にもイタリア兵やロシアの捕虜が……」——。ウクライナを舞台にした映画『ひまわり』（ヴィットリオ・デ・シーカ監督、1970年公開）のチャリティ上映会に足を運んだ。ソフィア・ローレンが主演したあまりにも有名な名作。第2次世界大戦で引き裂かれた夫婦の悲劇が目の前のウクライナの光景にそのまま重なった。そして、ヘンリー・マンシーニによる哀愁がこもった主題歌の背後にチェルノブイリ原発の建屋が浮かび上がった。と、これまではそう思っていた。

「メルトダウン」（炉心溶融）という過酷事故（1986年4月、旧ソ連邦・ウクライナ）を引き起こしたこの原発は映画が公開された同じ年に着工され、第1号機が稼働したのは7年後。だから、私の勘違いで実はモスクワ近郊の火力発電所の冷却塔だったことを知った。では私が以前、画面に見たものは何だったのか。やはり、〝チェルノブイリ〟の幻視あるいは予知みたいなものではなかったのか。現にこの原発はいま、ロシア軍の掌握下にあるではないか。そして、プーチン大統領は核や化学兵器の使用までほのめかしている。歴史の「悪夢」は繰り返されるのか。ひまわりはウクライナの国花である。

「放射性大気汚染のレベルが上昇している」――。今度はこんなニュースが飛び込んできた。ロシア軍の砲撃によるものと思われる森林火災の影響で、原発周辺の放射能漏れの恐れも出てきた。記憶がまた、呼び戻された。スクリーンに映し出された、雪原の荒野を敗走する兵士たちの姿に父親の死が重なった。先の大戦でソ連軍（当時）の捕虜となり、シベリアの大地に没した、その死である。これは〝幻視〟ではない。けれども、ロシア側から栄養失調死に至る父親のカルテや死亡証書、埋葬証書が届いたのは、ペレストロイカ（変革）を経たのちの戦後71年がたってからだった。

叛逆老人の「死なず」宣言――「夏の陣」に参戦へ　（4・1）

コロナ禍の中で勃発したウクライナ戦争がまるで、〝黙示録〟のように頭の片隅にこびりついて離れない。こうした鬱々《うつうつ》たる日々は厳寒の中で戦われた花巻市長選以降、ずっと続いている。季節は移り、雪解けが進んだと思ったら、またぞろ生臭い時節が近づいてきた。「7月17日告示、24日投開票」……次期市議選のスケジュールをHPで知り、我に返った。「悪夢」を思い出したからである。市長選の結果ではなく、その首長を選んだ側の、つまり私たち市民の側の不気味なほどの無関心がそれである。わずか四分の一余りの有権者の選択による「市政運営」が果たして正常に機能するのであろうか。〝鬱々症〟の発症である。そして何の因果なのか、ロシアによるウクライナ侵略が始まったのは、その市長選の1カ月後のことだった。

「さらば！　おまかせ民主主義」（花巻版「見張り番」）――。うっぷん晴らしのつもりで、議会傍聴をブログで呼びかけて見たものの、反応はさっぱり。そんな折しも畏友《いゆう》のルポライター、鎌田慧さん（83）の文章が目に飛び込んできた。「戦争に傾斜するグロテスクな時代を招くに至ったのは、われわれ老人が、平和の恩恵のなかに安閑《あんかん》と暮らしてきたからだ。その罪を思えば、すこしくらい身体にむりをさせても、若者不在の空白を埋めなければならない。広場や街頭に若者たちがまた姿をあらわすまで、それまでが叛逆老人の役割なのだ」。タイトルはずばり『叛逆老人は死なず』（岩波書店、２０１９年）。がつんと一撃を食らったような気がした。

同輩の著者に電話すると「面白いじゃないか。人生最後のご奉公だと思えば、これまた楽し。応援に行くよ」と何ともくすぐったくなるような返事。不肖82歳の私の方がさっさと、その気になってしまった。２０１０年、「アラセブ（70歳）、最後の決断」を標榜して、市議に初当選。2期目は「再度の決断」に看板を塗り替えて再選された。病弱だった亡き妻の介護で1期の空白を置いた末の〝叛逆老人〟の出馬表明というわけである。「まさか、エイプリルフールじゃあるまいな……」と周囲からヤジが聞こえてくる。冗談じゃない。足元を見回しても世界に目を転じて見ても、あまりにも酷《ひど》すぎやしないか。やるっきゃない。

「見て見ぬふりができない」――暮らしと政治の勉強会〈4・17〉

「一緒になって、汗をかく。弱者にそっと、手を差し伸べる。見て見ぬ振りができないのが私の性分」――。花巻市内でフェアトレード商品などの販売を手がける店が主催する

「暮らしと政治の勉強会」が17日に開かれ、先の市長選で惜敗した前花巻市議会議長の小原雅道さんが選挙戦を振り返りながら、市政課題などについて話した。「さらば！　おまかせ民主主義」を掲げた勉強会で、小原さんは「行政も議会も常に市民から通信簿を付けられている側にあることを忘れてはならない。つまり、謙虚であることが最優先」と力を込めた。

「撃《う》ちてし止まん」、「進め一億、火の玉だ」……。私はふいに前日、「宮沢賢治・花巻市民の会」が開催した市民講座でのやり取りに思い重ねていた。教材は賢治の「農民芸術概論（綱要）」で、「世界がぜんたい幸福にならないうちは個人の幸福はあり得ない」という一文で知られる作品である。質疑の場で私はメッセージ性の高い詩「雨ニモマケズ」に今次のウクライナ戦争をからめた「弾ニモマケズ」と題するパロディがネット上で行き交っている事例を紹介。上田東一市長が「いいね」と応答したことについての感想を求めた。

参加者の多くが年配者だったせいもあるが、冒頭のような戦時スローガンを例に挙げ、「賢治は詩の中で（戦争などの）争いごとは『つまらないから、やめろ』と言っている。それなのにまるで、戦争を煽《あお》りたてるような無神経さにゾッとした」、「世界平和を訴えるイーハトーブのトップの資質に絶望した。恥ずかしい」……。
ある参加者が「表現の自由がある」と反論したのに対し、「それとこれとはまったく別次元で、ある意味で賢治を愚弄するものだ」と盛り上がった。「賢治の理念が今回のような危機とどうリンクできるのか、あるいはできないのか」。私は最近ずっと、こんなことを考え続けている。質問の趣旨はそのことだった。一方で、東日本大震災の際に「雨ニモマケズ」が追悼歌として、英訳されたという記憶も脳裏の片隅にあった。小原さんの選挙リーフレットにはこうあった。

「優しさって、なんだろう。それは宮沢賢治さんの『雨ニモマケズ』にある、たくさんのことを見てたくさんの声を聴いて、お互いに理解し合い考えて行動する。それが私の考える優しさです」

〝叛逆老人〟の神出鬼没 〔4・21〕

いまが盛りの桜も散り始め、本格的な新緑の季節が近づいてきた。「イーハトーブ」のミレーが蒔いてくれた「マコトノクサノタネ」も発芽の準備に忙しそうである。ところで、本物の「種蒔く人」は聖書のマタイ伝が下敷きになっているという。

「ある日、種をまく人が、種まきに行った。まいているときに、1つの種は道端に落ちたが、鳥がそれを食べてしまった。また、別の種は石だらけで土の少ないところに落ち、一旦はすぐに芽を出した。ところが、土が少ないため充分な根っこを張ることができず、太陽が出てくると枯れてしまった。また、別の種はイバラの間に落ちたが、イバラが伸びて覆《おお》いふさいだので実を結ばなかった。ところが、別の種は耕《たがや》された良い土地に落ち、実を結んで、あるものは100倍、あ

満開の桜の下で出番を待つ「叛逆老人は死なず」のノボリ

るものは60倍、またあるものは30倍にもなった。耳のある人は聞きなさい」（マタイによる福音書第13章）

さあ、「マコトノクサノタネ」の芽吹きを促す「春耕」の季節の到来である。「イーハトーブの大地」に希望の花々が咲き乱れることを夢見て、私は畏れ多くもその〝伝道師役〟を買って出ようと思う。「叛逆老人は死なず／さらば、おまかせ民主主義」――こんなノボリを掲げた老骨がこれから先、あちこちに出没するはずである。でも、妖怪でもお化けでもない。若干、足は引きずっているが、ちゃんと二本足で立っている。見かけた時には遠慮なく、声をかけてほしい。「ケハシキタビ」の途次から今度こそ、「ヒカリノミチ」への確かな一歩を踏み出すために……。

同級生各位、そして親しい友人、知人の皆さまへ　（4・27）

次期市議選（7月24日）への立候補予定者説明会が6月2日に迫る中、巷では10人以上の新人の出馬がうわさされるなど早くも選挙モードが高まりつつある。「イーハトーブはなまき」の実現を目指す私もその一角に参入するべく、このほど話し合いの場づくりのための討議資料（リーフレット）を作成した。「同級生各位、そして親しい友人、知人の皆さまへ」というタイトルの以下の文章にその思いを込めた。

＊　＊　＊

コロナ禍という未曽有のパンデミックに襲われて、早や2年の歳月が過ぎました。そして私たちはいま、ウクライナ戦争という残酷無比な歴史のただ中に放り出されてしまいました。まさに、自分自身の人生の無為を思い知らされる日々です。

先の市長選で、市政刷新を訴えた候補者の敗北がこれに追い打ちをかけました。「咳をしても一人」。長いトンネルの中で自由律俳人、尾崎放哉のこの句が何度も口をついて出ました。やがて雪がとけ、トンネルの向うに桜の花びらが目に入った途端、生来の〝持病〟がむくむくと頭をもたげてきました。捨てる神あれば、拾う神も。

「どうせ一人なら、冥途のみやげに人生最後のお祭り騒ぎをしようではないか」——。というわけで、今年夏の市議選に「叛逆老人は死なず」というノロシを挙げて、出馬することにしました。「老残の身、みっともないから止めろ」という冷やかしの声も聞こえてきます。しかし、私は1歳年上の冒険家、堀江謙一さん（83）がたった一人で太平洋をヨットで横断中というニュースに勇気をもらいました。

宮沢賢治が夢見た理想郷「イーハトーブ」ではいま、息が詰まるような強権支配がまかり通っています。私はみたび議場に舞い戻り、上田東一市長に対し、不退転の論戦を挑みたいと考えています。こんな〝叛逆老人〟ですが、皆さまの心からのご支援をお願い申し上げます。

2022年、過ぎにし桜花の季節に

実録「湯の町エレジー」――町なかに銭湯がほしい　〔6・3〕

「これから猛暑の夏に向かうのにお風呂にも入れない。まちの中に銭湯がほしい」。

一瞬、耳を疑った。古賀メロディーの大ヒット曲「湯の町エレジー」ではないが、有数の温泉郷として知られる当地花巻でまさか、こんな嘆き節（エレジー）を聞くとは思ってもみなかったからである。

午後3時すぎ、中心市街地の入り口、「上町通り」の一角の商店にお年寄りたちが三々五々、集まってくる。上海出身の中国人が営む中国物産店の店内にはテーブルが置かれ、常連たちの際限ないおしゃべりが続く。以前は7代も続いた魚問屋として、店先には客足が絶えなかった。その後、大型店の進出が相次ぎ、中心市街地はシャッター通りと化した。家主の熊谷和子さんは当年90歳になるが、まだかくしゃくたるもの。「店を閉めようとしていた時、ちょうど中国人の知り合いが商売をしたいと。まちなかにはひとり暮らしの年寄りも多い。片隅を憩いの場として開放してほしいというのがその時の条件。あの震災の少し前だからもう10年以上になるね」

5月末のうだるような暑さの午後、私は吸い込まれるような感じで店内へ。男性一人のほかはみんな女性。歩いて来られる距離に住む小原シメ子さん(81)が汗をぬぐいながら、ため息をついた。「湯のまちホット交流サービスとかもあるらしいけれど、そこまで行く足がない。アパートの風呂は古くなって使えない。修理するお金もないし」。一緒にいた数人がうなずいた。「そう、まず銭湯だね。近くにあった惣菜店も6月いっぱいで閉めるらしい。これじゃ、まるで兵糧攻め。この一帯は〝姥捨て山〟ならぬ、〝姥捨て町〟だよ」。

ここに集まるお年寄りたちはそれぞれの事情で、世間から孤立している人が多いらしい。そのせいか、遠慮のないパワフルな発言が目立つ。

店の前の車道には時間制限のパーキングエリアが何カ所か設置されている。熊谷さんが怒った口調で言った。「近くにはちゃんとした駐車場もない。これじゃ、まるで〝陸の孤島〟だと当時の市長に直訴状を書いた。それでやっとこさ。その後、目の前に公園もどきの広場ができたが、今度はトイレもない。こっちも直訴してやっと、設置させた。このまちは口先では老人に優しいなどと言っているが、ウソだよ」

「店の休憩テーブルは皆様が仲良く楽しく、自由に交流する場所です。これを有効に活用するために以下のことをご協力お願い申し上げます。(1) 1時間以上利用する人は300円の飲み物を注文 (2) 明るい雰囲気になるには悪口禁止。悪口で心がよごれる」――。店内の壁にはこんな「お願い」と地元の小学生が〝まちなか探検〟に訪れた際の感謝状が貼られていた。

第10章　辻立ち

いざ出陣――辻立ち、スタート〔2022・6・13〕

「下校途中の高校生の皆さん、図書館構想や駅橋上化構想などによって、この駅前が大きく変貌することを知っていますか。未来を創造するまちづくりに皆さんの知恵を結集しようではありませんか」――。花巻市議会6月定例会の一般質問がスタートした13日昼下がり、ＪＲ花巻駅前にしわがれ声が響き渡った。「叛逆老人」を自称する私が「さらば、おまかせ民主主義」を掲げた辻立ちの第一声。時折、足を止める高校生がいるものの、ほとんどはスマホに熱中している。

花巻駅前で

「さっき、議会中継をのぞいてみたが、居眠り議員が相変わらず。ある議会改革度ランキング調査で、奥州市は第3位に入ったが、当市議会はなんと523位。当局と議会とが互いに監視し合う〝二元代表制〟も崩壊の寸前だ」。ほど近い広場の一角で、過激な雄叫びを上げる男性の姿が目に入った。つられて、こっちにも力《りき》が入る。こんな〝競演〟がしばらく続いた。「東北駅百選に選ばれているこの駅舎が橋上化（東西自由通路）によって、撤去されることになっている。ところが、上田（東一）市長は議会答弁で『百選なんて、どこにでもある。大した価値はない』と歯牙にもかけない。こんな市政って、許せますか」と私。〝連れ立ち〟の妙が思わぬ波及効果を生み出しつつある。

私が着用するポロシャツに「Long Live The King」という英文字が印刷されている。この日、もう一人の〝叛逆老人〟に挑発されて興奮したせいか、上っ張りを脱いだ時にこのプリントに初めて気が付いた。直訳すれば「長生きこそが王様」ということになろうが、私は若干謙遜を込めて「早起き」ならぬ「長生きは三文の得」と勝手に解釈することにした。7月17日告示、24日投開票の「夏の陣」（次期市議選）はもう、目の前。どこかで出合い頭に遭遇することがあったら、少しでも耳を傾けてほしい。

映画『ＰＬＡＮ75』――現代版〝楢山節考〞（6・18）

「いままさに目の前で起きている現実。現代の〝姥捨て伝説〞ではないのか」――。第75回カンヌ国際映画祭で新人監督賞に該当する特別表彰（スペシャル・メンション）を受賞した『ＰＬＡＮ75』（早川千絵監督）を観ながら、私は約40年前に同じ映画祭で最高賞のパルム・ドールに輝いた『楢山節考』（深沢七郎原作・今村昌平監督、１９８３年公開）をまならうらに重ねていた。「生死の判別が国家の手にゆだねられる」。そんな悪夢がひたひたと足元に忍び寄ってくる予感に気圧《けお》されながら……。

〝姥捨て伝説〞はかつて、日本の各地にあった。いわゆる、食い扶持を減らすための棄老策で、たとえば前述した『遠野物語』（１１１話）にも同じような話が採録されている。少子高齢化が急速に進む日本。国はこの解決策として、75歳以上の高齢者に自らの生死を選ぶ権利を与え、それを支援する「プラン75」を制定する。この映画は人間存在の根本にぐいぐいと迫っていく。後期高齢者（75歳）の主人公「桃子」さんの軽やかな老後を描いた『おらおらでひとりいぐも』（河出書房新社、２０１７年）で芥川賞を受賞した遠野市出身の若竹千佐子さんはこの映画に敏感に反応し、テレビのインタビューでこう話していた。

「慄然とした。これは現代の「楢山節考」だ。あながちないとは言い切れない世界。人がモノ化している。人の情や思いやりよりも、まず損得。貧困化、高齢化で生産性のない老人は死を選ぶことも可能ですという。ここでも自己責任が幅を利かせている。非正規化、孤立、貧困、いま問題はいっぱい。いいかげん立ち上がって、人の尊厳を取り戻す戦いを始めないと大変なことになると、改めて思った」

「ハカダチ」と「ハカアガリ」――。遠野物語の世界には死に至るまでの間、老い先の短い老人たちにも〝働き口〟を与えるという人間的なあたたかみがあった。しかし、『PLAN75』には高齢者を死へと誘導する露骨なたくらみ（国家意志）が透けて見えてくるだけである。そういえば、今年1月の花巻市長選で3選を果たした上田東一市長の公約は「子ども達の未来／はなまきの未来を創る」――だった。そして、乱戦気味になりつつある今夏の市議選（26人の定数に対し、31人が出馬予定）では「世代交代」を声高に主張する若手も散見される。この主張自体は正論であるが、コインの片方しか見ない偏頗《へんぱ》な考えだともいえる。「2025年問題」（超高齢化社会）が安直な世代交代論に落とし込まれる〝危うさ〟がそこにはある。

主演の倍賞千恵子さんは現在80歳で、私とわずか2歳しかちがわない。この名女優が体を張って、国の不条理と闘う姿に勇気と元気をもらった。いったんはプランを申請したものの「強制された死」を拒否した角谷ミチ（倍賞）は結局、自らの意志で（自）死を選択する（画面にはその場面は出てこないが、私にはそう思えた）。人間の「生と死」の線引きはあらゆる他者から自由であらなければならない。私はこの映画から、そのことの大切さを学んだような気がする。不肖、〝叛逆老人〟もその自由を貴《たっと》んでいるが故にそう簡単に死ぬわけにはいかない。

（註）「ひとりで生きる」から「みんなで生きる」へ――。若竹さんが6年ぶりに『かっかどるどぅ』（河出書房新社、2023年5月刊）を上梓した。コロナ禍でバラバラになった人間関係を〝結い〟直した話題作。英語圏でニワトリの鳴き声をオノマトペ風に「cock-a-doodle-doo」と表現することに着想。まさに夜明けを告げるニワトリの「鬨（とき）の声」にぴっ

たりのタイトル。ちなみに、芥川賞の受賞作は宮沢賢治が妹トシの死を悼《いた》んだ詩「永訣の朝」の中の一節「Ora Orade Shitori egumo」が出典とされる。

「高い壁を低くするヒント」50音カルタ　〔6・26〕

「みっともないから、おやめなさい」、「若い人に道を譲るのが年寄りの役割。花巻の恥をさらすのは止めてくれ」——。こんな書き込みが吹き荒れる逆風の中、(あえて私がこう呼ぶ)〝末期高齢者〟の選挙戦もあと1カ月を残すのみとなった。こんな折しも私にとってまるで、救世主みたいな本に出会った。高齢精神医学の泰斗、精神科医の和田秀樹さんの『80歳の壁』(幻冬舎、2022年)である。「壁を超えたら、人生で一番幸せな20年が待っています！」……。読み進むうちに元気がもりもり、出てきた。

「82〜83歳で急激に衰える人が目立ちますが、その人たちは大概、80歳になったのを機に、いろいろなことをやめてしまう人です。なんとなく家に引きこもっているうちに動けなくなってしまう人も結構多いのです。できることを自ら放棄し、何もできない体になってしまう。これって本当にもったいないことだと思いませんか」

和田先生はこう話し、「残存機能を残すヒント」を50音順にカルタ風に並べた試問を促している。さっそく、挑戦してみた。驚くなかれ、ほぼ全部クリアできているではないか。「選挙こそが長生きの秘訣。年寄りの冷や水なんて、クソくらえ」。1歳年上の冒険家、堀江謙一さんがヨットによる単独無寄港の太平洋横断を成しとげたのは今月初め。世界最高齢の快挙である。同輩の皆さん、いや最近とみに思考の老化現象が顕著な若年世代の皆さまもどうぞ、お試しあれ。そのいくつかを以下に紹介——。

（お）〜おむつを恥じるな。行動を広げる味方です
（き）〜記憶力は年齢ではなく、使わないから落ちる
（こ）〜孤独は寂しいことではない。気楽な時間を楽しもう
（さ）〜サボることは恥ではない。我慢して続けなくていい
（し）〜自動車の運転免許は返納しなくていい
（す）〜好きなことをする。嫌なことはしない
（せ）〜性的な欲もあって当然。恥ずかしがらなくていい
（ね）〜眠れなかったら寝なくていい

（ふ）～不良高年でいい。いい人を演じると健康不良になる
（へ）～変節を恐れるな。朝令暮改は大いに結構
（ほ）～ボケるのは、悪いことばかりじゃない
（よ）～欲望は長生きの源。枯れて生きるなんて百年早い
（れ）～『レットイットビー』（ビートルズのアルバム。「あるがままに」）で生きる
（ろ）～老化より朗化。これが愛される理由
（わ）～笑う門には福来る

街宣の絶叫マシーン──『PLAN75』を許すな!?（6・28）

「75歳以上の高齢者に死を選ぶ権利を認め支援する制度、通称プラン75が今日の国会で可決されました。深刻さを増す高齢化問題への抜本的な対策を、政府に求める国民の声が高まっていました」──。映画『PLAN75』はこんな淡々としたラジオニュースで始まる。私は辻立ち（街宣）の開口一番にこのセリフをそのまま、借用することにした。世代交代論の嵐の中で「老人票」を取り込むにはこれしかない、という究極の選挙戦術のつも

りである。早川千絵監督のこんな言葉が背中を押してくれたような気がした。

「子どものころ、長生きはいいことだとお年寄りを敬う気持ちを教えられてきたのにここ数年、メディアも介護やお金の不安を煽《あお》るばかり。その不安の矛先が政府ではなくお年寄りに向かい、若い世代との分断も感じています。対立を利用した制度でしょう。国全体の経済的負担を減らすプランの合意をとるために、老後の不安や人々の感情を逆手に取ったとも言えます」（6月28日付「朝日新聞」）

それにしても、まるで〝叛逆老人〟の出馬を見定めたかのような映画の公開（2022年6月17日）にはこっちの方がびっくり。

ホタルが乱舞するイーハトーブの実現へ　〔7・3〕

「去年は12匹いたのに、今年はたったの2匹……」。日出忠英さん（81）はこう言って、がっくり肩を落とした。東日本大震災で故郷の宮城県気仙沼市を追われ、当地花巻に居を移した。移住後に妻を亡くし、いまは市中心部に建つ災害公営住宅に1人で暮らしている。私はホタルの発見者が日出さんだということよりも、発見者の日出さんがあの大震災の被災者であるということに胸を突かれた。

「第2のふるさと」になるべく早く溶けこもうと、日出さんは健康管理を兼ねて近隣の散策を日課にしてきた。近くに大堰川という小川が流れている。造園家でもあるその目はつい、居住空間と自然環境とのバランスに向けられてしまう。ちょうど、猛暑に襲われた去年のいまごろ、川岸の水草の中で明滅を繰り返すホタルを見つけた。1匹、2匹、3匹……。数えると全部で12匹。「こんなまちなかに……」。高鳴る胸を押さえながら、日出さんはこの大発見の一報を私に伝えてくれた。「元々の地元住民ではなく、新しいふるさとの宝物を見つけてくれたのが被災者の目だった」——このことに私の胸は逆に高鳴った。

「それがねえ、今年はたったの2匹。周囲に街路灯が増えたせいかもしれません。ホタルは外部の光に敏感だから……」。日出さんから落胆の連絡があった先月末、私はたまたま前出の分子生物学者、福岡伸一さんの文章になる『月刊　たくさんのふしぎ——ホタルの光をつなぐもの』（2022年7月号、福音館書店、絵・五十嵐大介）を手にしていた。末尾にこんな言葉が置かれていた。

「わたしたち人類が地球に生まれたのは、ほんの20万年前。ホタルが生まれたのはなんと1億年前。途方もない時間をこえて、ホタルは命をつないできている。ホタルの光は、生きものがつながりあっている美しい証《あかし》のようなものだね。これまでもつながってきたし、これからもつながっていく。光の明滅は、一度も途切れたことがない。そして、わたしたちの命もその環《わ》の中のひとつだよ」

「賢治の理想郷「イーハトーブはなまき」の再生はホタルが乱舞するまちづくりから」――。私は近づく市議選の辻立ちのたびに、このスローガンを口にすることを忘れないようにしている。1億年も前から、そしてこれから先も永遠に光の明滅を繰り返すホタルの存在こそがそのシンボルにふさわしくはないか。まちのど真ん中で乱舞するホタルたち……賢治が「イーハトーブ」と名付けた「ドリームランド」(夢の国)の実現を目指して。

動乱の時代へ——白昼テロの衝撃〔7・8〕

そのショッキングなニュースが飛び込んできたのは、今月24日の市議選に向けた、この日3回目の辻立ちを終えた直後だった。この日も猛暑が続く8日、私は「イーハトーブの実現を目指す花巻有志の会」の設立代表人として、「いまこそ、郷土の詩人（宮沢）賢治のメッセージを全世界に向けて発信する時ではないか」と汗だくになって絶叫していた。

「安倍（晋三）元首相　銃撃される／心肺停止か　奈良で演説中／41歳男、殺人未遂容疑で逮捕」——。市中心部の住宅地での辻立ちを準備していた正午すぎ、手元のスマホがこの緊急ニュースを伝えた。一瞬、頭が真っ白になり、事態の重さに打ちのめされた。「たったいま、白昼テロという恐ろしいニュースに接しました」。マイクを握った私はまるで憑《っ》かれたように雄叫びを挙げていた。「賢治は『農民芸術概論綱要』の中で世界全体の平和を、そして詩『雨ニモマケズ』の中で弱者に寄り添うことの大切さを訴えました。まさに今回の事件はそのメッセージの緊急性を示していると思います」。

午後5時46分——。かたわらのテレビの速報が安倍元首相の死亡を伝えた。67歳の若さだった。脈絡のない混乱が頭を駆けめぐった。7波の襲来が確実なコロナ禍、戦火が拡大するウクライナ戦争、そして今回の凶行。世紀末、動乱……不吉な言葉が次から次と去来した。今年の冬から始まった〝選挙〟の季節の移ろいを私は反芻《はんすう》していた。「有志の会」は今年1月の市長選の際、敗北した小原雅道・前花巻市議会議長を支援するための〝勝手連〟組織として、市議や震災被災者ら有志で結成された。会のスローガン「銀河の郷、輝く未来へ」――を私はずっと、大事にしてきた。8回目のこの日最後の辻立ちを私はこう締めくくった。

「他人まかせの政治や行政がどんな結果になるのか、そのことを思い知らされたように思います。だから、私はまだ死ぬわけにはいかないのです。隠居なんてしている暇はないんです」。国の命運を決める参院選は2日後の10日、その1週間後には市議選の告示（24日投開票）が迫っている。

第11章　告示

「第1声」～初日（2022・7・17）

花巻市議会議員選挙が17日告示され、24日の投票日に向けた7日間の選挙戦がスタートした。ポスター掲示の一番くじを引き当てた私はいわゆる選挙の七つ道具を抱えて選車に乗り込み、午前10時すぎ、自宅近くの「雨ニモマケズ」賢治詩碑を背に第1声のマイクを握った。以下は絶叫調の「第1声」――

＊　　＊　　＊

ポスター掲示板の前での雄叫び
（花巻市内で）

安部元首相に対する白昼テロ、長期化するウクライナ戦争、そして拡大の一途をたどるコロナ禍……。岩手県は4日前、ついに過去最多の新規感染者数を記録しました。なにか終末感さえ漂う時代に足を踏み入れたような不気味な予感さえしています。さて、私の背後には郷土の詩人、宮沢賢治が逆境に置かれた人たちに〝寄り添う〟ことの大切さを訴えた「雨ニモマケズ」詩碑が建っています。そして、この場所は賢治が世界全体の幸せと平和へのメッセージを発した「羅須地人協会」があったその場所であります。

このすぐ近くの道端に「桜の地蔵」さんが建っています。百姓一揆の首謀者を追悼する地蔵尊で、ちょうど100年前の昨日（1922年旧暦7月16日）に建てられました。賢治が「羅須地人協会」を設立したのはそれから4年後の同じ日です。私はこの日付の符合に賢治の確固たる意志が込められているような気がします。

地球規模の危機にさらされているいまこの時、私はこの場所でマイクを握ることの不思議なめぐり合わせに胸が熱くなります。賢治はここ岩手花巻の地をエスペラント語で「イーハトーブ」と名づけました。「ドリームランド」（夢の国）を意味する〝理想郷〟のことです。数々のメッセージが賢治精神の〝原点〟ともいえるここ桜町の地から発せられてきたのです。

私はこの賢治精神の奥深さを最近観た映画で実感させられました。カンヌ国際映画祭で新人監督賞の特別表彰を受けた『ＰＬＡＮ75』です。私は画面に吸い寄せられながら、背筋がゾッとしました。〝姥捨て伝説〟を題材にしたあの名画『楢山節考』の現代版ではないかという思いにさせられたからです。

少子高齢化に向かういま、将来を約束するのは「世代交代」しかないというスローガンがまことしやかに一人歩きしています。今年1月の市長選で3選を果たした現職も公約の真っ先に「子ども達の未来／はなまきを創る」――を掲げていました。また、今回の市議選でもその必要性を声高に叫ぶ新人候補も見受けられます。その正当性を否定する気持ちは毛頭ありませんが、これを論じる場合は同時に『プラン75』の現実にも目を向ける想像力が必要です。「若さ」と「老い」は実はコインの裏表なのです。「若気の至り」と「年寄りの冷や水」とのコラボレーション……「世代ミックス」こそが社会を健全に機能させるための〝車の両輪〟だと私は思います。そして、このことの大切さを指摘していたのもまた、賢治だったことを改めて思い知らされました。

止まることのないコロナ禍の中で一番、苦境に立たされているのはお年寄りたちです。私は自らに対し「叛逆老人は死なず」というスローガンを課しました。こんな時代閉塞の時代、白旗をあげてオメオメと退場してたまるかという思いです。当年取って82歳の〝老残〟の身ですが、お化けではありません。ご覧の通り、二本の足でちゃんと立っています。私はお年寄りたちの代表選手として、その悲痛な訴えをリユックサックに一杯詰め込んで、議員をめざしたいと決意を新たにしています。

〈資料1〉鬨《とき》の声――五つの提言（公約）

- 旧3町のレガシー（遺産・資源）の掘り起こしと再生
- 上田（東一）市政のキーワードのひとつ「立地適正化計画」の総点検
- 将来都市像「イーハトーブはなまき」を実践するための具体的な処方箋の策定
- 遊休跡地の有効活用（城跡はまちづくりの生命線）

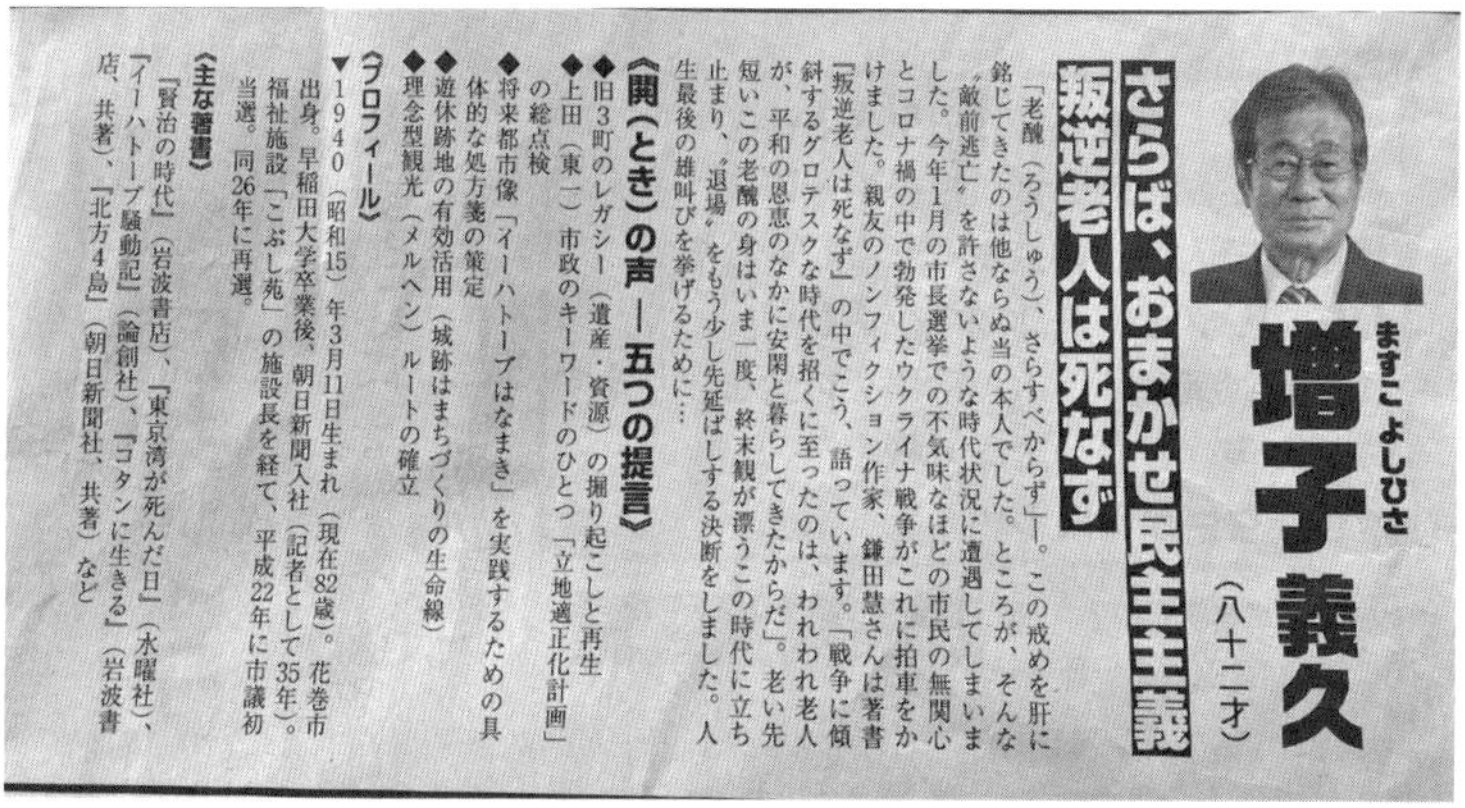

増子《ますこ》義久《よしひさ》（八十二才）

さらば、おまかせ民主主義
叛逆老人は死なず

「老醜（ろうしゅう）、さらすべからず」―。この戒めを肝に銘じてきたのは他ならぬ当の本人でした。ところが、そんな〝敵前逃亡〟を許さないような時代状況に遭遇してしまいました。今年1月の市長選挙での不気味なほどの市民の無関心とコロナ禍の中で勃発したウクライナ戦争がこれに拍車をかけました。親友のノンフィクション作家、鎌田慧さんは著書『叛逆老人は死なず』の中でこう、語っています。「戦争に傾斜するグロテスクな時代を招くに至ったのは、われわれ老人が、平和の恩恵のなかに安閑と暮らしてきたからだ」。老い先短いこの老醜の身はいま一度、終末観が漂うこの時代に立ち止まり、〝退場〟をもう少し先延ばしする決断をしました。人生最後の雄叫びを挙げるために…

《興（とき）の声 ― 五つの提言》

◆旧3町のレガシー（遺産・資源）の掘り起こしと再生
◆上田（東一）市政のキーワードのひとつ「立地適正化計画」の総点検
◆将来都市像「イーハトーブはなまき」を実践するための具体的な処方箋の策定
◆遊休跡地の有効活用（城跡はまちづくりの生命線）
◆理念型観光（メルヘン）ルートの確立

《プロフィール》

▼1940（昭和15）年3月11日生まれ（現在82歳）。花巻市出身。早稲田大学卒業後、朝日新聞入社（記者として35年）。福祉施設「こぶし苑」の施設長を経て、平成22年に市議初当選。同26年に再選。

《主な著書》

『賢治の時代』（岩波書店）、『東京湾が死んだ日』（水曜社）、『イーハトーブ騒動記』（論創社）、『コタンに生きる』（岩波書店、共著）、『北方4島』（朝日新聞社、共著）など

選挙公報

• 理念型観光（メルヘン）ルートの確立

〈資料2〉賢治さんに聞く

コロナ禍やウクライナ戦争……。賢治さんはどんな思いでいるのだろうか。夢枕に現れた「おらが偉人」に直撃インタビューを試みた。

*　　　*　　　*

――旅立ってもう、88年の歳月が流れました。銀河宇宙の眼下に広がる惑星の眺めはいかがですか。いま、全人類は「コロナ」という恐ろしい感染症の脅威にさらされています。

賢治　そうなのすか。大変なことだなっす。そういえば、おらの最愛の妹トシも100年前に猛威

を振るったインフルエンザ（スペイン風邪）にかかって、その後に結核で命を落としてしまった。「永訣の朝」っていう詩はその時の気持ちを詠《うた》ったもんでがす。

――そのコロナについて、ある著名な学者が賢治さんの『春と修羅』を引き合いに出しながら、この言葉の中に「ポストコロナ」をひも解くカギが隠されている――と話しています。「わたくしといふ現象は」というあの有名な冒頭句について、賢治さんは自分のことを物体ではなく、「(自然)現象」として、認識していたんだと……。

賢治 ……。あのナゾ解きみたいな言葉に気が付いた方がいたとはありがたいことですな。おっしゃる通り、人間はそもそも〝自然〟そのものじゃねのすか。区別する方がおかしいとおらはず～っと、そう思ってきたんすじゃ。おらに『風の又三郎』っていう童話があるのを知ってるすか。「どっどど　どどうど　どどうど　どどう」――。風に乗って突然、現れる又三郎は実はおらのことなのす。自然界を征服しようとする人間の欲望がコロナを呼び寄せたんじゃねすか。

――海の向こうではロシアによるウクライナへの軍事侵攻という悲惨な「戦争」が引き起こされました。

賢治 （うめくようにして）その話はおらの銀河宇宙にも聞こえてきたす。おらの「雨ニモマケズ」の中に「北ニケンクヮヤソショウガアレバ／ツマラナイカラヤメロトイヒ……」という一節があるのを知ってるべ。戦争を含めた人間の「争いごと」はやめろって。「世界がぜんたい幸福にならないうちは個人の幸福はあり得ない」（『農民芸術概論綱要』）。おれらしくもない文言だけど、これは精いっぱいのメッセージのつもりだす。人間って、なんでこうも「業《ごう》」が深いもんなのか、と。

「ポスター狂騒曲」～2日目　（7・18）

「誠心誠意　全力!」、「世代交代」、「また生まれ変わっても花巻がいい」、「誰もが安心してくらせる花巻に」、「情熱と行動力」、「31歳、チャレンジ!　花巻の未来のために」、「市民と市政のかけ橋になる」――。豪華絢爛&百花繚乱の趣きのあるポスターを見ながら、頭がクラクラしてきた。31人の市議選候補者はみんな笑顔で輝かしい未来を語っている。このスローガンがそのまま実行に移されるのなら、「イーハトブはなまき」の建国は請け合いである。その一方で、こんな数字もある。「奥州市議会第3位、北上市議会17位……花巻市議会第523位」（早稲田大学の議会改革度ランキング）

有権者の皆さん、市内436カ所に設置されたポスター掲示場をとくとご覧いただきたい。バラ色に彩られた〝公約〟の真意をくれぐれも見誤らないように……。二元代表制の一方を担う市議会議員を選ぶ選挙は24日に迫っている。

「地蔵さん詣で」〜3日目　（7・19）

「願以此功徳／普及於一切／我等與衆生／皆共成仏道」――。苔むし、風化しつつある石仏を手でなぞりながら書き写していくと、こんな意味だとわかった。「願わくはこの功徳をもって、あまねく一切に及ぼし、我らと衆生《しゅじょう》と、みな共に仏道をなさんことを」……。告示日初日にこの「桜の地蔵さん」に触れて以来、その詳しい由来が気になって仕方がなかった。忙しい遊説の合間を縫って、図書館に通い、歴史の狭間《はざま》に埋もれた悲劇を知った。以来、遊説に出発する前の合掌が習いとなった。

先人の研究資料などから、この地蔵尊が建っている旧奥州街道筋（現桜町4丁目）の近くには藩政時代、重罪人を処刑する「向小路殺生場」があったという。さらに、農民一揆の首謀者などもここで処刑されたという記録も残っていた。こうした過去の記憶を鎮魂し、慰霊するためにいまからちょうど100年前、花巻城の御家人（同心組）らが中心になって建立されたことを知った。宮沢賢治がこのすぐ近くに農民らの啓蒙を目的にした「羅須地人協会」を設立したのが、像の建立4年後の同じ日だったことについては、「第1声」で触れた。

仏教徒でもあった賢治が『農民芸術概論綱要』の中で、人類の幸せと世界平和を訴えたのは実はこの地蔵尊の存在を知ったからではなかったのか。「過去を帯びない現在や未来はない。世代を継ぎ続けることこそが歴史ではないのか」……急に胸が熱くなった。そして、今回の市議選が持つ意味の重要性にハタと気づかされた。

「園長！　園長!!」～4日目（7・20）

「園長、園長、園長～っ」――。のぶ君やてる君が一斉にそう叫びながら、飛び出してきた。みきちゃんやきくよちゃんの姿も。私は以前、この施設の施設長だった。あれから12年。みんな同じ年を重ねたが、いまも「園長」と呼んでくれている。私は不覚にもボロボロと涙をこぼしてしまった。

かつて、園長をしていた施設の利用者たちも大きなエール

この日、私は花巻南温泉郷の入り口に位置する障がい福祉サービス事業所「こぶし苑」の前で、マイクを握っていた。新聞社を退社後、この福祉の現場に飛び込んだのは18年前の平成16年春。6年あまり、福祉という未知の分野で新しい体験をした後、前述したように平成22年7月「アラセブ（70歳）、最後の決断」――を掲げて市議に初当選。2期目は「アラセブ、再度の決断」と看板を塗り替えて再選された。この時のノボリを作ってくれたのは施設の印刷班のみんなだった。敷地内には私が在職中に建設したパン工房「銀の

鳩」が健在だった。走馬灯のように当時の思い出が去来した。

「叛逆老人は死なず」――。今回のノボリもここのみんなに印刷してもらった。のぶ君が突然、怒鳴るような声で言った。「オラも父さんも園長に入れることにしている。んだども、選挙って、必ず当選するとは限らないべ。落ちたら、また園長として戻ってくればいい。おらはそっちの方がうれしい。だって園長はずっと、死なないんだべ」。涙が今度はしずくとなって頬を流れ落ちた。

「大当たり」と消えたポスター～5日目〔7・21〕

「もう年も年だし、当たるとしてもせいぜい〝中気病み〟(よいよい)ぐらいなもんだろうな」――。そう思っていたら、ポスター掲示の場所取りの抽選で、なんと「1番くじ」を引き当ててしまった。「幸先が良い。当確」、「神のご加護」、「日ごろの行いの表れ」……。友人、知人からまるで、〝当選祝い〟みたいなメールや電話が殺到した。小学生から大学生に至る成績で「1番」になったことはもちろんなし。宝くじを買ってもいつも「はずれ券」ばかり。選挙は〝縁起もの〟とはいっても、そう単純に喜んでばかりもいられない。

選挙戦も中盤をすぎ、少しづつ手ごたえみたいなものも感じてきた。アドリブ満載の絶叫調にひと息を入れ、ぐるりと全方位を見回すと……。いるいる。2階の窓から身を乗り出して、じっと聞き入っているおばあちゃん。ちぎれるように手を振っているおじいちゃん。「私は当年82歳。みなさんの代表選手です」と応答すると、本当にちぎれた腕がこっちに飛んできそう。

選挙戦がヒートアップする中、他陣営に遭遇する機会もしょっちゅう。道端に整然と並んだ支持者を前にして、公約を披歴する候補者、連呼を繰り返しながら、目の前を風のごとくに通り過ぎる選挙カー。「候補、候補。うしろ、うしろ」とウグイスさん。振り向くと、鮮やかな色彩の帯みたいな布がヒラヒラ舞っている。ハタと心づいた。「このオレにも『1番』があったじゃないか。〝理非曲直《りひきょくちょく》〟に頑固な自分が……」。

21日昼過ぎ、この「1番」が自宅近くの掲示板から消えてなくなっているのに気が付いた。「明らかな選挙妨害（いやがらせ）。許せない」、「いや、いやがらせなら、ビリっとはぎ取った形跡が残るはず。逆に丁寧にはがしたような感じだ」、「1番さんに魅了された誰かが永久保存版に盗んだのではないか」……。選挙カーの中はこの〝椿事〟の真偽をめぐって盛り上がった。〝叛逆老人〟の選挙の波紋はまだまだ、広がりそうな気配である。

「選挙権はないけれど」～6日目〔7・22〕

「マスコさん、ドイツでは70歳すぎたら、被選挙権がなくなる。でも日本にはその制限がないんだよね。だから、マスコさんは100歳まで政治家を続けることができるよ。記録に挑戦してみて……」。花巻市郊外でケーキ職人をしているドイツ人のポールさんはこう言って、ニッコリと笑った。「人生の余暇を楽しむのがヨーロッパ人の生き方。そこが日本人と違うところかな」。選挙って、こんな旧交を温める機会になったり、新たな出会いを生んだりして、とっても面白い。まるで〝祝祭〟みたい……。

ある街宣場所での出来事――。マイクを握った直後、5メートルの至近距離に止めた車から40代半ばの男性が降りてきた。熱心に聞き耳を立てていたが、時折、ポケットに手を入れたり、周囲をうかがうなどちょっと、落ち着きがない。一瞬、あの元首相に対するテロ事件が頭をよぎった。たまたまこの日、私の選挙ポスターが掲示板から消えてしまうというハプニングが重なったせいかもしれない。

約15分間の演説を終え、その男性に歩み寄った。45歳だという男性は開口一番、こう言った。「あなたの演説をずっと、聞きたいと思っていた。ウグイスさんの声が聞こえたので、後ろからついてきた。会えて良かった」。私は自分の浅慮が恥ずかしくなった。「これまで引きこもりの人たちの支援に生きがいを感じてきたが、コロナ禍の拡大でそれもできなくなった。あなたの力を借りて打開策を考えたい」。この日の新聞各紙はコロナ感染者がついに1日15万人を超えたというニュースを伝えていた。私たちは互いに携帯番号を交換し、再会を約束した。

ウグイスさんが小さな声でささやいた。「ほんとのところ、候補者が襲われたら、どうやって防ごうかなと。相手の車のナンバーも必死になって頭に刻んだ」――。後日談に選挙カーの中は爆笑の渦に包まれた。「選挙って、何が起こるかわからない、だから、お祭りなんだね」。

「蝉しぐれと虹」～最終日　〔7・23〕

「もしも遠い山に色鮮やかな虹がかかれば、奇跡は起こる」――。原爆症の悲惨さを描いた映画『黒い雨』（井伏鱒二原作・今村昌平監督、1989年公開）はこんなセリフで終わる。しかし、結局は虹が出ることはなかった。一方、選挙戦最終日の23日、私の眼前には七色の虹がくっきりと浮かんだ。「奇跡」は起こると私は思った。

この日は午前中から不思議なことが相次いだ。9時半すぎ、選挙カーの車中で携帯が鳴った。小学校から大学まで一緒だった親友からだった。大学卒業後、北海道出身の代議士の地盤を引き継ぎ、道議会議員になって現在、9期目。議長を経験した経歴を持っている。私の出馬を風の便りで知った上での激励かからかいの電話かと思ったが、まったくの別件だった。「いま、オレがどこにいるかわかるか。選車の中だよ」と伝えると、相手は「えっ」と驚きの声を上げた。ほどなくして、ショートメールが届いた。「必ず当選するよ。花巻で会おう」とあった。

車外は土砂降りの雨に。傘をさし、大声で叫んでいる男性がいる。慌てて、車を飛び降りると見覚えのある男性が立っていた。「あの時は本当にありがとうございました。大槌の仮設で……」——。あの大震災の際、ボランティア活動で知り合った被災者だった。「いまは花巻に居を移しました。さっき、女房と二人であなたへの（事前）投票を済ませてきました。その足で孫の顔を見ようとしたら、目の前にあなたの選車が現われるじゃな

選挙戦最終日の街頭演説（花巻市内の賢治詩碑を背に）

いですか」。なにか胸が熱くなるような感情が体中を駆けめぐった。

「拡大を続けるコロナ禍、終わりの見えないウクライナ戦争、そして元首相に対する白昼テロ事件……。終末観さえ漂ういまの時代の中、私は賢治さんのメッセージの大切さを訴え続けてきました」――。自宅近くの「雨ニモマケズ」賢治詩碑の前に立ち、私は1週間に及ぶ激しい選挙戦の報告をした。雨はまだ降り続いている。ヒグラシなのだろうが、耳にうるさいほどの蝉しぐれである。10分ほどの報告を終えた瞬間、厚い雲間からわずかな日差しがもれた。銀河宇宙の賢治に届いたのかもしれないと私はうれしい気持ちになった。

帰路にある陸橋にさしかかった時、ウグイスさんがすっとんきょうな声を上げた。「候補、あっちの空を見て」。ひと抱えもあるような太い虹が輪を作っていた。一瞬の間にその虹は消えた。「皆さんのご支援がなかったら、私はとっくに挫折していたはずです。悔いはありません。すがすがしい気持ちです」——。午後8時、〝叛逆老人〟の選挙戦は最後の「お礼遊説」で1週間の戦いに幕を下ろした。

あとがきに代えて　――奇跡は起こらなかった

完敗、いや惨敗。「イーハトーブ」でも〝奇跡〟は起こらなかった――。花巻市議選の投開票が7月24日（2022年）に行われ、私はわずか474票の得票に止まり、31人の立候補補者中、最後から2番目で落選した。市長選に続く「連敗」である。私が訴えた宮沢賢治の理想郷「イーハトーブはなまき」の実現というスローガンはほとんど受け入れられなかった。この現実を粛然と胸に刻みたい。しかし一方で、〝賢治精神〟に背を向けるかのようなその現実を認識できたという意味では大きな収穫だったともいえる。いまは思いを全部吐き出したという達成感の中にいる。落選しても、〝叛逆老人〟は死なない。負け惜しみではない。いまもちゃんと自分の足で立っている。

＊　　＊　　＊

「まことにあなた（神）は、正しい者を悪い者と一緒に滅ぼされるのですか。あの町（ソドム）に正しい者が五十人いるとしても、それでも滅ぼし、その五十人の正しい者のために、町をお赦しにならないのですか。正しい者を悪い者と一緒に殺し、正しい者を悪い者と同じ目に遭わせるようなことを、あなたがなさるはずはございません。全くありえないことです。全世界をさばくお方は、正義を行われるべきではありませんか」

（『旧約聖書』「創世記」）

「神が、町に住む大多数の人間が悪しき人々であるからといって、その多くの悪しき人々を滅ぼすために、その町に住むわずかに残された五十人の善き人々をも巻き添えにしてこれを滅ぼしてしまうとするならば、それは、善き人々に悪しき人々と同様に危害を加えるという悪しき審判を下すことになってしまうのではないか」――いわゆる「アブラハムの執り成し」である。

アブラハム（父祖＝預言者）は粘り強く神と交渉を続けることによって、その善良な人の数を50人から10人に減らすことに成功する。旧約聖書のこの一節を思い起こし、今回私を支持してくれた474人（イーハトーブの住人）とアブラハムが執《と》り成した10人（ソドムの住人）の姿を無意識に重ね合わせていた。「仮に善良な人たちが一握りだったとしても（つまり、悪者が多数だったとしても）そのまちを滅ぼしてはならない。逆にその少数者が将来のまちの救世主なるはずだから……」。

本書は市議在籍時のドタバタ劇を描いた『イーハトーブ騒動記』（２０１６年3月、論創社刊）の続編のつもりで上梓した。再度、出版を快く引き受けてくれた論創社の森下紀夫社長と見事な編集を手がけてくれた編集部の森下雄二郎さんに心から感謝を申し上げたい。

本書はまた、生き残りし者が先立った妻へ送る、ヨタヨタ歩きの「余命報告書」みたいな体裁をとらさせていただいた。それゆえ、感情の起伏が多い文体はそのままの形で残すことにした。タイトルを「七転び八起き」とした気持ちを汲み取っていただくことができたら……。コロナ感染症の「第5類」への移行に伴い、「ステイホーム」にとって代わって「オーバーツーリズム」なる新手の〝忘却装置〟が準備されつつある。「3・11」の記憶がそうであったように、「パンデミック」というおどろおどろしい言葉も早晩、目の前から姿を消すにちがいない。それじゃ、余りにも身も蓋もないではないか。わが身に降りかかった〝災厄〟のメモ書きを残すのは老い先短い人間のせめてものたしなみだと考えている。
最後に文中にひんぱんに登場する「イーハトーブ」という言葉について――。創造主の宮沢賢治は「実にこれは著者の心象中にこの様な状景をもつて実在したドリームランドとしての日本岩手県である」と書き、こう続けている。「そこでは、あらゆる事が可能である。人は一瞬にして氷雲の上に飛躍し大循環の風を従へて北に旅する事もあれば、赤い花杯《さかずき》の下を行く蟻と語ることもできる。罪や、かなしみでさへそこでは聖《きよ》くきれいにかゞやいてゐる」（『注文の多い料理店』広告チラシ）
単なる「夢の国」（理想郷）ではなく、「罪や悲しみ」さえも抱え込んだ世界がそこには広がっている。私は賢治のこの思索の深みに誘われるようにして、本書を書き進んできたような気がする。

２０２３年　妻の没後５年の盛夏の日に

増子義久

〈付記〉

当地イーハトーブの地では「図書館戦争」ともいうべき深刻な対立が続いている。発端はコロナ禍と軌を一にするようにして表面化した「新花巻図書館」構想である。私が「1・29事変」と名づけるその構想は市民や議会の頭越しに2020年1月29日、突然降ってわいた「住宅付き図書館」の駅前立地というビッグプロジェクトである。その強権的な手法に反対する市民運動が、澎湃《ほうはい》として巻き起こった。市長選で惜敗した前市議会議長が蒔《ま》いたひと粒ひと粒の「マコトノクサノタネ」(宮沢賢治)がやっと、芽吹き始めたと思っている。他方、3選を果たした現職はまるで、海の向こうの独裁者気取りである。「イーハトーブ〝図書館戦争〟」の戦火もやむ気配がない。

増子義久（ますこ　よしひさ）

1940年生まれ、岩手県花巻市出身。早稲田大学を卒業後、朝日新聞記者を35年間。定年後に故郷に戻り、2014年７月から花巻市議を２期８年。妻の介護を経て、2022年の市議選に82歳で再挑戦するも落選。

主著に『三井地獄からはい上がれ』（現代史出版会)、『賢治の時代』（岩波書店)、『東京湾が死んだ日』（水曜社)、『イーハトーブ騒動記』（論創社)、『コタンに生きる』（岩波書店、共著)、『北方四島』（朝日新聞社、共著）など。

男やもめの七転び八起き――イーハトーブ敗残記

2023年７月20日　初版第１刷印刷
2023年７月29日　初版第１刷発行

著　者　増子義久
発行者　森下紀夫
発行所　論 創 社
東京都千代田区神田神保町 2-23　北井ビル
tel. 03（3264）5254　fax. 03（3264）5232　web. https://www.ronso.co.jp/
振替口座　00160-1-155266
装幀／宗利淳一
印刷・製本・組版／精文堂印刷
ISBN978-4-8460-2313-3 ©2023 MASUKO Yoshihisa Printed in Japan
落丁・乱丁本はお取り替えいたします

〈論創社の本〉

イーハトーブ騒動記◉増子義久

地域の民主主義は議場の民主化から！　賢治の里・花巻市議会テンヤワンヤの爆弾男が、孤立無援、満身の力をこめて書いた、泣き笑い怒りの奮戦記。「3・11」後、「イーハトーブ」の足元で繰り広げられた、見るも無惨な光景を当事者の立場から再現する内容になっている。　**本体 1600 円**

叛逆老人 怒りのコラム222◉鎌田慧

誰のための政治なのか！　森・加計問題から日本学術会議の任命拒否、そして国葬強行……。安倍、菅、岸田政権の三代にわたる民意無視の専横きわまる政治はどこまで続くのか。いまも全国各地で集会やデモを呼びかけ、闘い続けるルポライター、渾身のコラム。　**本体 1800 円**

コロナ禍の日常◉梅本清一

地方の窓から見えた風景　北陸の小都市に暮らす練達のジャーナリストが、揺るがぬ視点と類い稀な記録精神で書き続けた、パンデミック日乗。人間と人間のネットワークが地域の未来を創り出す、との指摘がまぶしい。

本体 1500 円

コロナの倫理学◉森田浩之

本書は第一義的にはコロナ禍を克服するための思想について書いているが、根底の理念はコロナだけに限られない。社会の課題は国家権力だけでは解決できず、個々人の行動が変わらなければならないという意味でも、普遍的なテーマである。　**本体 2000 円**

新版　図書館逍遙◉小田光雄

図書館の物語を求め、多くの国や時代を横断する中で、思いがけない〈本と読者の世界〉が出現した。この一冊によって、〈図書館〉はこれまでになかった輝きを放つことになるだろう。異色の図書館論、待望の復刊。

本体 2000 円

歩いて 走って ジャンプして◉松田敏子

私が生きてきた道　千葉県の男女共同参画を進める「ちば菜の花会」を立ち上げ、「高齢社会をよくする女性の会」の理事等を歴任。どんな時も心に灯をともし続け、社会を変えたい、生き方や人との関わりを見直したいと考える、すべての世代の人たちに贈る自伝的エッセイ。　**本体 1800 円**

八十歳から拡がる世界◉島健二

八十歳からの人生を心豊かに生きるには？　定年後もフルマラソンや新たな勉学に挑戦し続ける島ドクターは現在八十四歳。自身の体験をもとに、健康寿命を延ばし健やかに生きる秘訣を考える。

本体 1800 円

好評発売中

〈論創ノンフィクション〉

037 COVID-19◉森達也

僕がコロナ禍で考えたこと　COVID-19=新型コロナウイルスとは、私たちにとって何だったのか？　この３年間、たくさんの失敗をした。挫折もあった。それらを直視する。記憶する。傷だらけで前に進むために。

本体 1800 円

036 定点観測 新型コロナウイルスと私たちの社会 2022年後半◉森達也 編著

感染爆発を繰り返すなかでウィズコロナは可能なのか　2022年７月には第７波、12月には第８波を迎えた。ウィズコロナにはほど遠い状況の中、感染者が自主検査をすることや、全数把握が見直された。本企画では、コロナ禍の社会を定点観測する。

本体 1800 円

035 沖縄でも暮らす◉藤井誠二

「内地」との二拠点生活日記２　沖縄から「内地＝日本」を見る！沖縄がのんびりしたところだと言うのは幻想だ。人々が生きるために稼ぎ、走り回りながら働く。「内地」と沖縄で暮らす筆者が、日々の記録から二拠点の差異を探る。

本体 2000 円

029 団地と共生◉岡﨑広樹

芝園団地自治会事務局長 二〇〇〇日の記録　外国人の住人が多いことから、一時期は「チャイナ団地」と揶揄された埼玉県の川口芝園団地。高齢者と外国人が集住する場所としての「団地」で、30代で自治会の事務局長となった著者が、人々の共住と共生の可能性を探った2000日の記録。

本体 1800 円

026 文学・哲学・感染症◉東京大学東アジア藝文学院　編

私たちがコロナ禍で考えたこと　もうコロナ以前には戻れない。だからこそ、いま語らなければならない言葉がある。気鋭の研究者たちが、コロナ禍の文学と哲学、そして歴史について語る。

本体 2000 円

025 コロナ期の学校と教育政策◉前川喜平

権力者は教育を支配する。だから、自由な人間は権力者の言葉を鵜呑みにしない。コロナ禍の日本。国、自治体、学校は子どもに何をしたのか。大人たちはどう対応したのか。元文部科学事務次官の著者が、コロナ期の教育を徹底検証する。

本体 1800 円

011 クルドの夢 ペルーの家◉乾英理子

日本に暮らす難民・移民と入管制度　国を追われながらも難民として認定されず、「仮放免」というあいまいな身分で滞在するクルド人家族と、団地で日本人との共存を模索する日系ペルー人家族への取材を通して、日本で暮らす外国人と日本人とがどう共存していけばよいのかを探る。

本体 1800 円

好評発売中